DES ÉCONOMIES EN VEUX-TU EN VOILA

DU MÊME AUTEUR

Promesses de banlieue
coécrit avec Robert Rochefort.
Édition de l'Aube, 2006.

Révolution fiscale
Éditions de l'Onde, 2019.

Les vertus de l'équilibre
Éditions de l'Onde, 2021.

VINCENT DELAHAYE
SENATEUR

DES ÉCONOMIES

EN VEUX-TU
EN VOILA

« Quand les hommes ne choisissent pas,
les événements choisissent pour eux. »

RAYMOND ARON

Éditions de l'Onde

À mes enfants
Anaïs, Marie, Jean-Baptiste, Valentin et Clémentine.

À mes petits-enfants
Chloé, Hugo, Raphaël, Eliorah, Marius, Adlai, Romy et Pablo.

Introduction

Notre situation financière est catastrophique. Partout, il n'y a que déficits : budgets de l'État et de la Sécurité Sociale, balance commerciale (la France importe beaucoup plus qu'elle n'exporte), balance des paiements[1]. Et, en l'espèce, on ne fait pas les choses à moitié : 150 milliards de déficit pour l'État, 20 milliards de déficit pour la Sécurité sociale, 100 milliards pour les échanges commerciaux, 30 milliards (en 2023) pour les paiements. Les déficits se chiffrent en dizaines ou centaines de milliards. La dette, par voie de conséquence, ne cesse de gonfler. Les alertes se multiplient de tous côtés : Cour des comptes, agences de notation, Banque de France, Commission européenne, Fonds monétaire international (FMI). Rien n'y fait. Sur le plan financier – ce n'est malheureusement pas nouveau – la France demeure complètement sourde.

Jean de La Fontaine devait déjà y songer quand il a écrit *La Cigale et la Fourmi*. Il est certain que nous ressemblons davantage à la première. C'est pourtant l'exemple de la seconde que nous devrions suivre d'urgence. Que dire du laisser-aller budgétaire, qu'a traduit à merveille le « quoi qu'il en coûte » derrière lequel on a tout lâché, tout laissé filer, et pas uniquement pour gérer et surmonter la crise sanitaire ? Devant chaque problème l'habituelle ritournelle

---

[1] La balance des paiements mesure les transactions entre les acteurs économiques (banques, entreprises, ménages) qui exercent leur activité en France et ceux qui exercent leur activité à l'étranger. Quand elle est en déficit, cela signifie qu'il y a plus d'argent qui part vers l'étranger que d'argent qui rentre en France. Même si elle s'est redressée en 2024 avec un léger excédent de 2,7 milliards, elle a connu des déficits importants en 2022 (37,7 milliards) et 2023 (29,4 milliards).

du « manque de moyens ». Quel que soit le bord politique, tous adoptent le même réflexe pavlovien : « Un bon budget est un budget qui augmente ». C'est une vaste illusion qui nous trompe collectivement, et à travers nous les générations qui nous succéderont.

Le rétablissement de l'équilibre est une nécessité pour au moins trois raisons.

Tout d'abord, nous allons dans le mur si nous ne changeons rien. Aujourd'hui, avec des taux d'emprunt plus élevés, s'endetter coûte de plus en plus cher, et le poids de notre dette devient insupportable.

Ensuite, parce que l'équilibre, en matière budgétaire comme en matière alimentaire, c'est la santé. Les équilibres budgétaires conditionnent la prospérité économique, donc la générosité sociale. On ne distribue jamais que l'argent que l'on produit, sauf à sacrifier l'avenir.

Enfin, est-il réellement moral de laisser des montagnes de déficits et de dettes aux générations futures ? Un élu véritablement soucieux de l'intérêt général doit préparer l'avenir. Il doit montrer le chemin, avoir une cohérence et s'y tenir. L'opinion qui évolue tous les jours et les sondages qui l'accompagnent ne peuvent et ne doivent pas servir de boussole. Un élu doit travailler pour les générations futures. Ces générations sont aujourd'hui largement mises à contribution, sans perspective clairement définie. Je pense ici à la célèbre phrase de James Freeman Clarke : « La différence entre le politicien et l'homme d'État est la suivante : le premier pense à la prochaine élection, le second à la prochaine génération ». Je préfère les hommes d'État aux politiciens.

Retrouver l'équilibre nécessite des réformes de fond, une multitude de « petites » mesures mais surtout la promotion et la propagation d'une culture de rigueur qui fait aujourd'hui largement défaut à notre administration comme au monde politique. En 2020, au début de la crise sanitaire, j'ai publié *Les Vertus de l'équilibre* avec pour bandeau : *ou l'anti-quoi qu'il en coûte*. En fervent partisan de l'orthodoxie budgétaire (un euro est un euro, on ne doit pas dépenser plus que ce que l'on gagne), j'attirais l'attention sur nos graves déséquilibres financiers, sur la nécessité d'être beaucoup plus rigoureux dans la gestion de l'argent public (qui, en tant que tel, est la propriété de tous) et sur la nécessité de fournir collectivement des efforts pour redresser notre situation. J'avais également insisté sur ce constat : les pays sérieux en matière budgétaire sont en meilleure santé économique que nous. Ils ont plus de croissance, moins de chômage, des excédents dans les échanges commerciaux. Partout la même leçon : le sérieux et la rigueur paient. La France devrait impérativement et rapidement suivre ces exemples vertueux[2].

Un an auparavant, en 2019, j'avais publié un premier ouvrage, *Révolution fiscale*, qui esquissait des pistes de réforme devant permettre de simplifier nos impôts (leur complexité étant à l'origine de nombreuses injustices) et de les rendre plus efficaces économiquement. Nos marges sont là aussi énormes !

Dans la continuité de ces deux ouvrages et compte tenu de l'urgence, j'ai souhaité, à travers le présent livre, *Des économies en veux-tu en voilà*, montrer qu'il y avait une voie, certes exigeante, pour remettre la France debout en matière financière avant qu'il ne soit trop tard. Il faut faire preuve de volonté et de courage, qualités finalement peu répandues au sein des décideurs politiques français. Il faut dire, comme le souligne l'économiste François Facchini, qu'il y a de plus en plus de Français qui dépendent de l'argent public : retraités, chômeurs, bénéficiaires de minima sociaux, fonctionnaires représentent aujourd'hui 60 % du corps électoral.

---

[2] Il y a quelques années, nous faisions partie des pays dits du « Club Med », ces pays du Sud de l'Europe à la situation financière catastrophique. Aujourd'hui, le Portugal, l'Espagne, l'Italie et même la Grèce sont en meilleure situation que nous. Et nous sommes loin, très loin, des premiers de cordée, de ces bons élèves que sont l'Allemagne, les Pays-Bas, le Danemark, les pays scandinaves qui, contrairement à nous, sont des pays sérieux.

Ils sont particulièrement mobilisés au moment des élections et très attachés au *statu quo* en ce qui les concerne. Pas étonnant que le gouvernement Bayrou, plus enclin à agir en la matière que ses prédécesseurs, ait pris une volée de bois vert en présentant ses propositions au mois de juillet 2025.

Nos efforts doivent-ils porter sur les recettes ou sur les dépenses ? Vous l'aurez compris avec le titre de cet ouvrage, mon choix va clairement aux économies budgétaires, c'est-à-dire, pour être encore plus clair, à la baisse de la dépense publique. Nos prélèvements obligatoires (impôts et cotisations sociales) sont déjà à un niveau exceptionnellement élevé (la France est, en la matière, championne du monde) et représentent un poids de plus en plus difficile à supporter pour nos entreprises et nos emplois. Les augmenter encore aggraverait la situation, pèserait encore plus sur notre croissance. La voie la plus sûre, et finalement la seule pérenne, c'est de se jeter à corps perdu dans les économies. Et gare au mirage consistant à penser que seuls les autres doivent fournir des efforts. Non, l'effort ne pourra qu'être collectif, toucher tous les secteurs de façon juste et équitable. Comme l'a écrit le gouverneur de la Banque de France, François Villeroy de Galhau, dans sa lettre au président de la République en avril 2025 : « La gravité de notre situation budgétaire a au moins une vertu : notre pays n'a plus à choisir entre le redressement et la croissance. Réduire l'incertitude budgétaire et fiscale, qui pèse sur les entreprises et les ménages, c'est aujourd'hui devenu une condition de la confiance et donc de la croissance. C'est aussi une condition de notre souveraineté : notre pays ne peut dépendre excessivement des agences de notation et des marchés internationaux. […] L'essentiel de l'ajustement doit cette fois porter sur les dépenses. »

Une fois la situation décrite et la démonstration de la nécessité de baisser les dépenses publiques faites, nous proposerons au fil du présent ouvrage des mesures concrètes d'économies sur le budget de l'État, celui de la Sécurité sociale et ceux des collectivités territoriales. Ces mesures portent sur la masse salariale de la fonction publique, les retraites, l'assurance maladie, l'éducation, les ministères, le millefeuille territorial et bien d'autres sujets.

Vous l'aurez compris : il est grand temps d'agir et les pistes ne manquent pas !

Chapitre 1

Nos finances publiques nous plombent

1/ La dépense publique augmente plus vite que la richesse

Le ratio des dépenses publiques sur la richesse nationale (PIB) a le mérite d'offrir des comparaisons dans le temps et dans l'espace. Ce ratio a continuellement augmenté en France depuis cinquante ans (et même depuis près d'un siècle comme le montre le graphique ci-dessous).

Cela signifie que la dépense publique a crû à un rythme plus rapide que celui de la production de richesses. Dans les années 1970, la progression fut particulièrement soutenue. Après une pause relative entre 1993 et la survenance de la première grande crise du XXIe siècle, celle dite des *subprimes* en 2008, le ratio de dépenses publiques sur PIB a gonflé de presque cinq points en à peine sept ans. Cette croissance n'est donc pas parfaitement linéaire, le rythme haussier variant d'une période à l'autre, au gré des chocs extérieurs plus que des alternances politiques (l'addiction à la dépense publique transcendant, hélas, le clivage gauche-droite en France...).

Globalement, depuis au moins cinquante ans, la croissance du PIB a été inférieure à la croissance des dépenses publiques en volume (c'est-à-dire mesurées à prix constants, en supprimant l'effet de l'inflation), même si la baisse des niveaux de croissance s'est accompagnée d'un ralentissement de la hausse des dépenses publiques. Ces choix budgétaires ont favorisé l'augmentation des impôts, taxes et cotisations sociales et aussi, plus généralement, des besoins de financement des administrations publiques, qui se sont logiquement tournées vers l'emprunt, ce qui a entrainé, à son tour, une augmentation de l'endettement public. Pour le dire plus simplement : le recours effréné à la dépense publique s'est fait, tout à la fois, au détriment de notre compétitivité économique présente par le foisonnement de prélèvements fiscaux et sociaux pesant sur le travail et sur le capital, tout ceci au détriment des générations futures par la multiplication des emprunts...

La ventilation des dépenses publiques « par catégories d'administration publique » (cf tableau ci-dessous) montre que l'augmentation de la dépense publique est portée très majoritairement par la Sécurité sociale (+ 7 à 8 points de PIB entre 1980 et aujourd'hui). La Sécurité sociale est en effet l'une des causes majeures de la croissance des dépenses publiques en France.

Avant-guerre, elle était fondée sur les solidarités familiales (économie domestique), le paternalisme patronal et les mutuelles (économie sociale et solidaire). Les élites furent persuadées que l'économie de marché et le capitalisme avaient échoué durant les années 1930, conduisant ainsi à la défaite de 1940. Elles ont donc souhaité, à la Libération, mettre en place un régime économique alternatif de type collectiviste. La Sécurité sociale a en ce sens rompu avec l'idéal du contrat des ordres décentralisés défendus par les libéraux. Elle a créé une situation d'asymétrie. La croissance des transferts sociaux (prestations maladie, allocations familiales, pensions de retraite) dépend mécaniquement de l'évolution du nombre de malades, d'enfants et de retraités. Elle échappe en grande partie au contrôle politique. La dépense publique est devenue un « droit » social qui prime sur le revenu productif. De là le credo : « d'abord on dépense, ensuite on se demande comment on finance ». D'où, finalement, l'émergence et la répétition des déficits publics. Ne pouvant pas récuser les choix budgétaires des gouvernements sortants sans en supporter les coûts politiques, les gouvernements entrants ont préféré vivre à crédit, c'est-à-dire laisser filer la dette notamment sociale.

Si les dépenses des collectivités locales ont elles aussi contribué à la dynamique globale, à hauteur de 3 points de PIB, leurs dépenses passant de 8 à 11 %, cette augmentation résulte en grande partie des transferts de compétences de l'État aux collectivités et à la création en 2000 d'un nouvel échelon local, les intercommunalités. À noter que, rapportées au PIB, les dépenses locales ont légèrement diminué depuis quelques années.

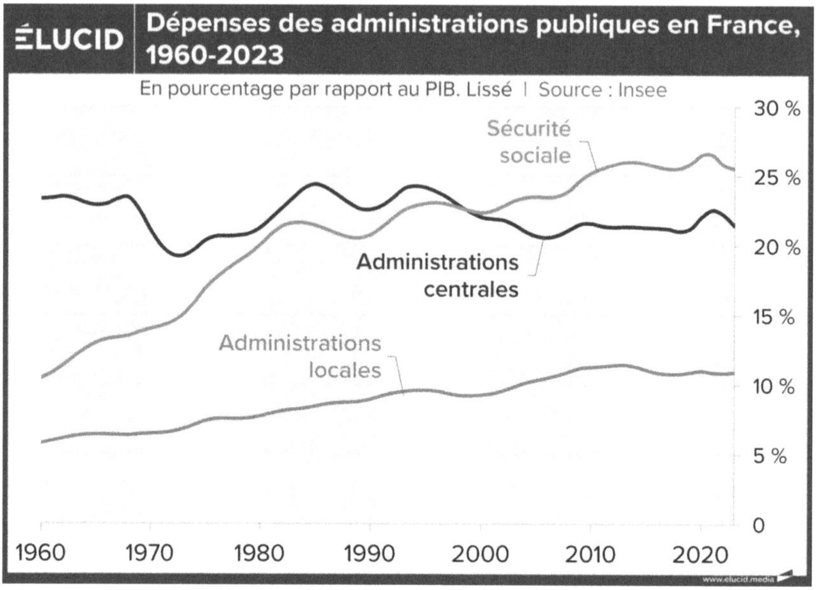

Rappelons en effet que les collectivités locales ne sont que marginalement responsables de la situation budgétaire du pays. A la différence de l'État, elles respectent la règle selon laquelle elles ne peuvent emprunter que pour financer des investissements de long terme. En fin de cycle électoral, lorsque les projets d'investissement des communes, des départements et des régions sortent de terre, le déficit est un peu plus élevé, mais il se résorbe ensuite et varie, depuis trente ans, autour de plus ou moins 0,6 % du PIB. Cela explique que la dette des collectivités locales soit à peu près stable depuis trente ans (entre 7 et 9 % du PIB).

2/ La France est dépassée en termes de richesse nationale

En 2024, la dépense publique a contribué à près de la moitié de la croissance économique. Cette dernière s'est en effet élevée à 1,2 % du PIB (au lieu de 1,4 % attendu), et la contribution de la demande publique à la croissance a été de 0,6 point. Le PIB, ou produit intérieur brut, c'est-à-dire la richesse nationale, est égal à la somme de la consommation, de l'investissement et des variations de stock. Or, la consommation et l'investissement incluent ceux des administrations publiques, c'est-à-dire une partie de la dépense publique. De sorte que, comme je l'avais indiqué dans *Les Vertus de l'équilibre*, la définition de la richesse aboutit au paradoxe « plus on dépense, plus on est riche ». L'indicateur de mesure de la richesse contient par conséquent un fort biais pro-dépense publique. Là où un bon père de famille est encouragé à optimiser les ressources disponibles avant d'envisager de les dépenser, c'est l'inverse qui prévaut pour l'État, incité à dépenser toujours plus pour gonfler (artificiellement) le PIB et la richesse nationale produite.

D'autres indicateurs ou ratios, certes moins flatteurs, sont autrement plus révélateurs du déclin que précipite notre addiction à la dépense publique, telle une drogue. Notre lente (et longtemps imperceptible...) dégringolade dans le classement mondial pour la richesse par habitant est à cet égard symptomatique.

D'après le FMI, la France figure au 24e rang de ce classement, lequel reflète le niveau de vie des habitants et par conséquent le niveau de développement économique de chaque pays. Sur le podium des pays les plus prospères en termes de richesse par habitant figurent trois pays libéraux à l'économie très ouverte : le Luxembourg (médaille d'or), la Suisse (médaille d'argent) et l'Irlande (médaille de bronze). La France est reléguée loin derrière des pays comme l'Islande (7e) ou la République de Saint-Marin (13e). Tandis qu'elle était encore au 13e rang en 1980, elle a presque continuellement dégringolé depuis. Le décrochage fut très rapide après l'élection, en 1981, de François Mitterrand. Repoussée à la 19e place en 1985, la France a enregistré une remontée fulgurante la plaçant à la 11e place en 1990 (son record). Que s'est-il passé entre 1985 et 1990 ? Le premier gouvernement de cohabitation RPR-UDF a, entre 1986 et 1988, osé mener une politique libérale volontariste en diminuant la dépense publique et les impôts et taxes sur le travail et sur le capital, tout en désendettant l'État au moyen d'importantes privatisations. En dix-huit mois, pas moins de douze grands groupes publics avaient ainsi été totalement privatisés.

Évolution du classement international de la France pour la richesse par habitant depuis 1980

	1980	1985	1990	1995	2000	2005	2010	2015	2020	2024
Rang de la France	13e	19e	11e	12e	21e	19e	22e	25e	22e	24e

De même, si l'on compare l'évolution de notre richesse par habitant entre 1990 et 2024 avec celui d'autres pays industrialisés comparables au notre, notre déclassement est patent. Le fossé s'est creusé avec la quasi-totalité des pays observés, à l'exception de l'Italie et de l'Espagne. Derrière nous en 1990, les Britanniques sont désormais assez nettement devant.

Évolution entre 1990 et 2024 de la richesse par habitant avec huit pays comparables

	PIB/hab 1990 ($ US courants)	PIB/hab 2024 ($ US courants)	PIB/hab Variation	Ecart avec la France 1990	Ecart avec la France 2024
Pays-Bas	35 740	67 750	+ 90 %	+ 10 %	+ 43 %
Norvège	60 230	94 660	+ 57 %	+ 85 %	+ 100 %
Suède	37 790	58 530	+ 55 %	+ 16 %	+ 24 %
Allemagne	32 460	54 290	+ 67 %	=	+ 15 %
Canada	36 560	53 830	+ 47 %	+ 12 %	+ 14 %
Royaume-Uni	28 620	51 070	+ 78 %	-12 %	+ 8 %
Italie	30 900	39 580	+ 28 %	-5 %	-16 %
Espagne	22 540	34 050	+ 51 %	-31 %	-28 %
France	32 560	47 360	+ 45 %		

Loin de favoriser notre prospérité individuelle et collective, la dépense publique hors de contrôle accélère notre relégation parmi les grands pays développés. Trop souvent inefficace économiquement, la dépense publique ne parvient pas non plus à nous rendre heureux. Depuis 2012, le Réseau des solutions pour le développement durable des Nations unies publie un rapport mondial sur le bonheur établissant pour chaque pays - ainsi que son nom l'indique - un score de bonheur à partir de différents indicateurs combinés (PIB par habitant, soutien social, espérance de vie en bonne santé, liberté dans les choix de vie de l'individu, générosité et perception du niveau de corruption). Selon le rapport 2025 sur le bonheur publié le 20 mars 2025 par l'ONU, la France est rétrogradée à la 33e place. En 2024, elle figurait encore au 27e rang. Nous avons ainsi perdu six places en l'espace d'un an seulement. Nous sommes largement devancés par les Pays-Bas (5e), la Suisse (13e), la Belgique (14e), l'Autriche (17e) ou encore le Canada (18e) dans un classement largement dominé par les pays nordiques (la Finlande, le Danemark, l'Islande et la Suède occupent respectivement les quatre premières places du classement). Qu'en déduire, sinon que la dépense publique ne saurait faire le bonheur de la population ?

D'autres indicateurs internationaux auraient pu être exploités ici. Dans un roman stimulant au titre évocateur (*La Nuit de la faillite*, Grasset, 2013), le philosophe Gaspard Koenig mentionne le *Doing Business Report* de la Banque Mondiale, classant les pays en fonction du climat des affaires. En tête de classement on retrouve les États-Unis, le Royaume-Uni, Hong Kong, la Nouvelle-Zélande, les pays scandinaves, etc., la France ne figurant quant à elle qu'à une modeste 34e place, coincée entre l'Arménie et Chypre. Autre indicateur donnant encore plus à rougir, mentionnée par Gaspard Koenig : l'*Index of Economic Freedom*, reléguant la France à la 67e place derrière le Kazakhstan et le Cap-Vert. Et Koenig d'écrire drôlement (ou tristement, tant le roman colle au plus près de la vérité) : « Saïd lut les rapports plus détaillés du FMI et de l'OCDE. Il ne fallait pas être grand clerc pour comprendre que plusieurs décennies de mauvaises régulations avaient cassé le moteur de production de richesses. L'économie française continuait tant bien que mal sur sa lancée, portée par quelques fleurons nés du capitalisme effréné du XIXe siècle ou des grandes transformations de l'après-guerre. Mais depuis une trentaine d'années le seul secteur à s'être vraiment développé était celui de l'État et de tout son appareil. Les chiffres le montraient sans appel : plus de la moitié de la richesse du pays partait en dépenses publiques. Le pays des Lumières était devenu un Léviathan. Un monstre froid assis sur une montagne de dettes toujours grandissante, avalant des impôts et recrachant des fonctionnaires. »

3/ Les crises n'expliquent pas un déficit de 35%

En 2024, le déficit public a atteint près de 170 milliards, avec un écart de plus de 40 milliards entre le vote du Parlement et l'exécution du budget par le Gouvernement. Le déficit public a été encore plus élevé que celui de 2023, pourtant déjà historique hors période de crise. Sous la Ve République, des niveaux plus élevés ont rarement été enregistrés : tel fut le cas uniquement lors de la récession de 1993 (6,4 % du PIB), au lendemain de la crise financière de 2008 (7,4 % en 2009 et 7,2 % en 2010), et, enfin, lors de la crise sanitaire liée à la Covid-19 (8,9 % en 2020 et 6,6 % en 2021). Or, aucune crise comparable ne justifie le déficit public des années 2023 (154 milliards) et 2024 (169 milliards) qui aura bien plus que doublé depuis 2017 (77 milliards) et l'élection du président Macron.

Évolution du solde public de la France entre 1959 et 2024

(en pourcentage du PIB)

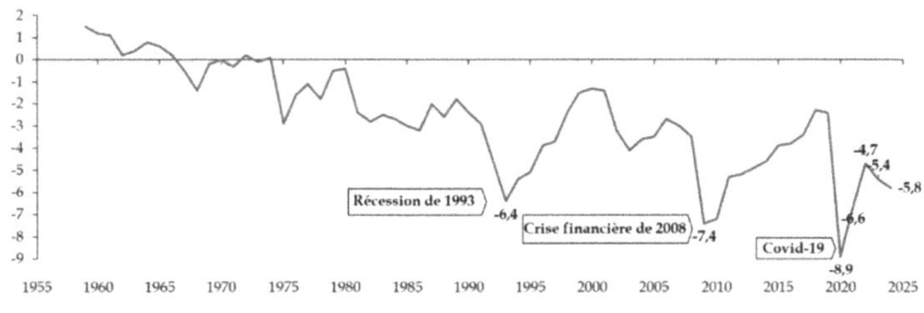

Source : commission des finances, d'après les données de l'Insee

L'importance des dépenses exceptionnelles liées aux crises sanitaire et énergétique n'a pas empêché, dans le même temps, l'augmentation des dépenses courantes de l'État. Entre le budget de 2019, exécuté avant la crise sanitaire dans des conditions normales, et le budget de 2025, les dépenses de l'État ont progressé de 91 milliards (soit + 26 %). Même en retraitant des effets de l'inflation, qui fut parfois forte durant cette période, les dépenses de l'État ont progressé de plus de 36 milliards, soit l'équivalent des budgets de la Justice et de la Sécurité réunis et ce, en à peine six ans. Le constat est sans appel : la quasi-totalité des missions budgétaires de l'État ont vu leur montant augmenter très fortement (comme nous le verrons ultérieurement), les hausses étant massives et généralisées. Deux exemples : même retraitées de l'inflation, la mission « Travail et emploi » a vu ses crédits progresser de près d'un tiers depuis 2019, soit plus de 4 milliards, et la mission « Aide publique au développement » a aussi progressé de plus de 25 %, soit une augmentation de plus de 800 millions. Il ne sert à rien de voter des lois de programmation dans tous les domaines (Défense, Police, Justice, Recherche) pour ensuite dresser le constat qu'elles ne sont pas financées.

À l'examen des comptes publics, on observe que la gestion de la crise sanitaire, contrairement à celle de la crise financière de 2008 où le niveau des dépenses publiques était rapidement revenu à son niveau antérieur, s'est traduite non pas par une situation exceptionnelle et temporaire mais par un nouveau plancher de dépenses durablement rehaussé. Ainsi, le surcroît des dépenses par rapport aux recettes du budget général de l'État, après avoir connu un pic lors de la crise sanitaire, à presque 80 %, est encore aujourd'hui de 53 %, loin des 29 % du début du premier quinquennat d'Emmanuel Macron. En 2024, les dépenses nettes du budget général de l'État (443,4 milliards) ont en effet été plus de 1,5 fois supérieures aux recettes nettes (289,5 milliards). Pour le dire autrement, nos dépenses ne sont pas financées par des recettes pour environ **35 % ! Là est le véritable déficit budgétaire de l'État** ! Aucun ménage, ni aucune entreprise ne pourrait tenir ses comptes ainsi...

Dans la sphère sociale, le déficit de la Sécurité sociale (plus de 15 milliards en 2024) provient en très large part de la mise en œuvre des décisions prises dans le cadre du Ségur de la santé, pour un coût de 13 milliards chaque année. L'augmentation des salaires des soignants n'a pas été compensée par des économies équivalentes...

Malgré la forte diminution des dépenses exceptionnelles, le déficit de la France reste aujourd'hui le plus élevé de la zone euro. Et si la succession des crises sanitaire et énergétique ainsi que la réponse fiscale et budgétaire que la puissance publique leur a apportée explique en partie la hausse de l'endettement public (3 300 milliards soit plus de 113 % du PIB en 2024), il n'en demeure pas moins que, encore une fois, la France fait en la matière figure de mauvais élève de la zone euro, se situant dans le trio de tête des pays les plus endettés (derrière la Grèce et l'Italie), alors que l'ensemble des pays concernés ont fait face aux mêmes crises que la France.

Les autres pays de la zone euro ont connu le même choc, mais leur situation budgétaire d'avant crise et les efforts qu'ils ont accomplis depuis leur ont permis, pour leur immense majorité, de revenir à des niveaux soutenables d'endettement public. Tous les pays de la zone euro affichent un endettement public inférieur à 80 % du PIB, hormis la France, la Grèce, l'Italie, la Belgique, l'Espagne et le Portugal. Et parmi ces derniers pays, certains affichent une tendance favorable. Depuis 2017, le Portugal et la Grèce ont par exemple réduit leur ratio de dette publique de 31 et 29 points de PIB respectivement, quand la France augmentait le sien de 14 points !

4/ 2017-2024 : 1 000 milliards de dette « Macron » !

À force d'accumuler des déficits colossaux, la dette française ne fait que gonfler. Et tout cela s'accélère. En 1980, notre dette était inférieure à 100 milliards. Elle a dépassé les 1 000 milliards fin 2002, les 2 000 milliards fin 2013 et les 3 000 milliards début 2023. À l'heure où sont écrites ces lignes - mais le montant croît chaque seconde -, elle avoisine les 3 400 milliards. Nous avons emprunté 285 milliards en 2024 et nous devrions emprunter 315 milliards en 2025. C'est là encore un triste record ! Fin 2024, la part des investisseurs étrangers dans les détenteurs de titres de dette française s'établissait à près de 55 %, contre moins de 49 % un an plus tôt. Enjeu financier, la dette publique est aussi un enjeu de souveraineté.

Aujourd'hui, **la dette représente plus de dix ans d'impôts collectés**. Chaque Français est endetté pour financer les dépenses de l'État à hauteur de 50 000 euros et un couple avec deux enfants à hauteur de 200 000 euros. Même le gouverneur de la Banque de France, François Villeroy de Galhau, s'en inquiète et dénonce dans une lettre publiée le 9 avril 2025 « une dérive ancienne, mais récemment aggravée », poursuivant en ces termes : « Depuis plus de quarante ans, nos finances publiques ont connu une dégradation constante. En 1984, notre dette publique ne représentait que 30 % de notre PIB ; aujourd'hui, elle a presque quadruplé et s'élève à 113 % du PIB en 2024, soit désormais 25 points de plus que la moyenne de la zone euro (88 %). Et la France reste parmi les rares pays dont le ratio d'endettement continue de croître. » Le contexte inflationniste en 2022 et 2023 a permis en effet aux pays les plus endettés de la zone euro de voir leur ratio de dette publique nettement reculer entre 2021 et 2024 (- 44 points en Grèce, - 29 points au Portugal, - 14 points en Espagne, - 10 points en Italie et - 4 points en Belgique). Seule la France fait exception.

Pourquoi, en sept ans, notre dette a-t-elle augmenté de 1 000 milliards ? Bien sûr à cause des déficits budgétaires qui se suivent et s'empilent...

Évolution du déficit de l'État depuis 1974 (en milliards)

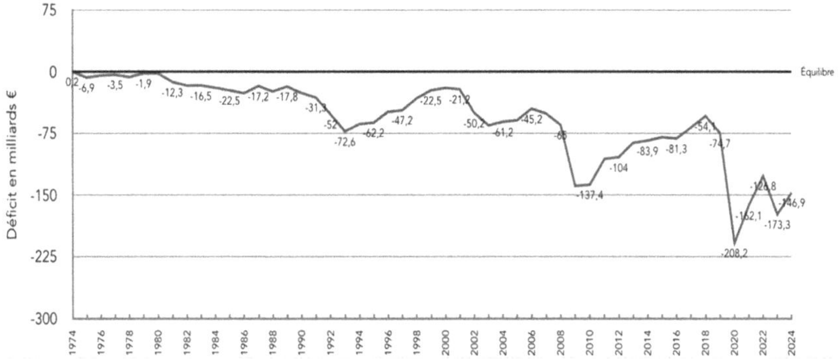

L'Assemblée nationale a voulu en savoir plus et a créé, en 2024, une commission d'enquête sur le sujet. Malheureusement, cette commission a été interrompue par la dissolution « surprise » décidée par le président de la République le soir des élections européennes du 9 juin 2024. Par conséquent, elle n'a pas pu aller au terme de ses investigations. Mais les travaux de Jean-Pascal Beaufret, inspecteur des finances à la retraite, permettent d'éclairer les raisons de cette spectaculaire envolée de notre dette publique.

Sur 839 milliards de dette supplémentaire entre 2017 et 2023 (le seuil des 1 000 milliards a été franchi au début de l'année 2025) :

- **40 % (soit 333 milliards) sont dus aux vrais déficits des retraites** (voir le chapitre du présent livre consacré aux retraites) ;
- **26 % (soit 223 milliards) sont liés aux dépenses exceptionnelles de crise**. Ainsi, les dépenses de crise nettes (c'est-à-dire hors contribution de l'Union européenne et de celle du service public de l'électricité – les

deux pour 47 milliards tout de même !) se sont décomposées comme suit : 150 milliards de dépenses dites d'urgence liées à la crise de la Covid-19 ; 25 milliards de dépenses de relance économique à la sortie des confinements ; enfin, 48 milliards de dépenses de lutte contre l'inflation (liées notamment à l'envolée des prix de l'énergie).

- **34 % (soit 289 milliards) résultent des baisses d'impôts et des nouvelles dépenses publiques** non compensées par des économies. Les baisses d'impôts financées par la dette ont porté notamment sur les mesures fiscales et sociales « Gilets Jaunes » (48 milliards), la suppression de la taxe d'habitation et de la redevance TV (73 milliards), la transformation de l'Impôt Sur la Fortune (ISF) en Impôt sur la Fortune immobilière (IFI) et l'adoption de la *flat tax* sur les revenus du capital (30 milliards), la baisse des impôts de production pour les entreprises (30 milliards également), la diminution progressive du taux de l'impôt sur les sociétés (39 milliards). Parmi les dépenses publiques les plus significatives non compensées par des économies budgétaires, citons le doublement de la prime d'activité (20 milliards en cumulé), l'augmentation des crédits affectés à la formation et à l'apprentissage (10 milliards), l'augmentation des dépenses, par le biais de lois de programmation, affectées à la Défense, à la Justice, à la Police ainsi qu'à la Recherche (10 milliards également), la hausse hors pandémie des dépenses d'assurance maladie, dont le volet spécifique des rémunérations de 1,5 million de soignants à travers le « Ségur de la santé » (35 milliards).

Il faut inclure, dans ces explications, certaines dépenses (notamment des participations) qui ne sont pas comptées dans les déficits mais qui sont financées par la dette. Il s'agit notamment d'EDF (17 milliards), Air France (3 milliards) ou encore le discutable fonds de concours SNCF Réseau (4 milliards).

5/ Les conséquences du « quoi qu'il en coûte »

Tout cela procède d'un laisser-aller inconséquent dans la gestion de l'argent public, dont le summum a été atteint avec l'invention par Emmanuel Macron du « quoi qu'il en coûte », mis en musique par le ministre de l'Économie d'alors, Bruno Le Maire. Les exemples d'erreurs ou d'aberrations abondent : la gratuité des tests de dépistage au coronavirus, contrairement à de nombreux autres pays où ils étaient payants (sauf prescription médicale) ; le Ségur de la santé, qui a validé l'augmentation des rémunérations du personnel de santé sans se préoccuper du financement de ces mesures ; le « chèque carburant » qui a permis aux étrangers traversant notre pays ou résidant à proximité des frontières d'avoir un plein d'essence financé en partie par le déficit et la dette ; les aides à l'apprentissage non ciblées qui soutiennent de façon indifférenciée les jeunes apprentis et les entreprises, sans tenir compte des différents niveaux de formation et de la taille des effectifs, etc. Bref, une gestion que ni un ménage ni une entreprise ne pourrait se permettre.

Cette montagne de déficits s'est traduite par un gonflement de la dette publique laissée « en héritage » aux jeunes générations. Elle ne posait guère de problèmes quand les taux étaient proches de zéro, voire négatifs, sous l'effet de l'action de la Banque centrale européenne (BCE) qui procédait au rachat des emprunts d'État à tour de bras. Ce temps est désormais révolu et les investisseurs privés qui ont pris le relais de la BCE demandent pour des emprunts de long terme des taux de plus en plus élevés, actuellement autour de 3,5 %. Autant dire que les intérêts de la dette s'envolent : 30 milliards en 2020, 60 milliards en 2024, 69 milliards en 2025, près de 100 milliards en 2028, et davantage au-delà. Tout cet argent serait bien mieux utilisé à d'autres politiques publiques autrement prioritaires.

1980	1985	1990	1995	2000	2005	2010	2015	2020	2025	2030
3,1	12,4	19,5	31,9	35,8	39,8	41,9	37	29,7	69,3	+ 100

Évolution du coût des intérêts de la dette depuis 1980 (en milliards)

Et c'est encore la Banque de France qui sonne bruyamment le tocsin : « Les Français sont désormais très nombreux à s'en inquiéter, ce qui contribue à la sur-épargne. La charge d'intérêts de la dette - dépense héritée du passé - pèsera dans deux ans autant que le budget du ministère de l'Éducation nationale, dépense d'avenir par excellence. »

6/ Une dette hors de contrôle

Le plus dangereux dans cet « effet boule de neige » qui mène nos finances publiques à la dérive, c'est l'évolution actuelle des taux d'intérêt qui dépassent largement le cumul de l'inflation et de la croissance économique (3,5 % contre moins de 2 %). C'est problématique, car nos recettes augmentent au rythme de l'inflation et de la croissance ; or, si ces dernières progressent moins vite que les intérêts de la dette, la situation va vite devenir de moins en moins « soutenable ». Ce qui fait dire à beaucoup que notre dette est « hors de contrôle ». Résultat : les marchés, nos partenaires européens, les organismes qui suivent notre évolution financière, tous pourraient bientôt estimer que le « risque France » est bien trop élevé pour continuer à nous prêter sans contreparties, comme si de rien n'était.

À titre d'exemple, regardons du côté du Japon. Fin mai 2025, à Tokyo, les taux d'intérêt à long terme de la dette nippone ont brusquement augmenté sous l'effet d'un désintérêt soudain des investisseurs pour la dette émise par le Trésor japonais. En dépit d'un endettement record - 250 % de sa richesse ! -, le Japon se finance depuis des décennies à des taux défiant toute concurrence grâce à l'appétit insatiable et discipliné des grands investisseurs locaux (banques, compagnies d'assurances et... Banque du Japon). Cette poussée d'adrénaline obligataire est le signe que l'argent est devenu plus rare et donc plus cher. Pour une raison simple : les besoins de financement sont en train d'exploser un peu partout dans le monde (transition énergétique, révolution technologique, effort de réarmement...). Les investissements nécessaires pour assurer l'avenir de l'économie mondiale se comptent en centaines de milliers de milliards. Dans un tel contexte, les investisseurs n'ont que l'embarras du choix. Ils sont donc plus sélectifs et veulent être rémunérés à la hauteur du risque qu'ils encourent en prêtant leur argent.

La France aborde ce changement d'ère dans un état de vulnérabilité extrême. Principal émetteur de dette de la zone euro, elle est très dépendante de l'humeur de ses créanciers. Certes, pour l'heure, nous sommes relativement protégés. L'appréciation de l'euro et la baisse graduelle des taux de la BCE constituent un bouclier efficace. Mais ce n'est que temporaire. La concurrence d'une Allemagne en quête de moyens supplémentaires pour financer la réinvention de son modèle économique et d'une Italie perçue désormais comme plus vertueuse va changer la donne. En clair, les obligations françaises révèlent leur véritable nature : un chèque en blanc à un État qui cumule les déficits sans chercher vraiment à se réformer.

Dès lors, risque-t-on la faillite ? Ce serait le scénario catastrophe, et il ne se réalisera sans doute pas. Mais le risque bien réel est celui d'une mise sous tutelle du FMI et de la Commission européenne avec des mesures drastiques (baisse des salaires des fonctionnaires et des retraites, en premier lieu) qui nous seront imposées si nous voulons continuer de bénéficier de financements. La fin de notre souveraineté financière et un réveil douloureux pour les Français. Pour éviter cela, mieux vaudrait se réveiller tout de suite et agir tant qu'il est encore temps.

Chapitre 2
Priorité à une baisse (massive) de la dépense !

1/ Mieux vaut baisser la dépense qu'augmenter les impôts

En matière de rétablissement des finances publiques, nous aimons, en France, discuter du sexe des anges. Le débat public porte trop souvent sur la question de savoir quels impôts il conviendrait d'augmenter. Ce faisant, nous passons complètement à côté des vrais enjeux. Lorsqu'on constate le niveau record de taxation qui est le nôtre, la réaction logique devrait être de se demander comment agir pour redonner de vraies incitations au travail et à l'activité productive. En augmentant encore la pression fiscale, les sommes récoltées ne sauraient, compte tenu de la forte réactivité des acteurs économiques, être à la hauteur de l'enjeu budgétaire. Prenons ne serait-ce que l'exemple récent de la taxe dite Zucman : même en retenant l'hypothèse très optimiste (et en réalité très artificielle) de Gabriel Zucman, et donc même en mettant de côté les mécanismes d'évitement, d'évasion, d'exil, de réduction de la base taxable inhérents à une telle surtaxation du patrimoine, il estime qu'on pourrait collecter de 15 à 25 milliards auprès des « ultra-riches ». Or, notre déficit tourne autour de 160 milliards, la dette dépasse 3 300 milliards, et les dépenses s'élèvent à près de 1 800 milliards . Même sans tenir compte de ses effets désastreux sur l'investissement, l'emploi et, au bout du compte, les finances publiques, donc en raisonnant « à comportements constants », la « taxe Zucman » ne comblerait qu'une fraction dérisoire du déséquilibre budgétaire actuel. Il faut le dire clairement : ce n'est pas en surtaxant l'activité économique que nous allons réduire notre déficit. Notre capacité à rétablir les comptes publics ne peut se jouer, en réalité, qu'en agissant sur la dépense publique, c'est-à-dire en dégageant de substantielles économies.

Plus fondamentalement, postuler qu'il suffit d'augmenter les impôts pour assainir durablement les comptes publics revient à ignorer, d'une part, la complexité des liens qui unissent fiscalité et dépenses publiques et, d'autre part, le risque des effets négatifs sur la croissance d'une hausse excessive des impôts et cotisations sociales. Les hausses d'impôts, dès lors qu'elles créent un sentiment de facilité financière, poussent les décideurs à engager des hausses de dépenses. Après la crise de 2008-2009, l'OCDE notait ainsi : « Les efforts d'assainissement menés avec succès dans le passé ont généralement fait une large place aux réductions de dépenses pour des raisons d'économie politique, mais aussi du fait de leurs effets positifs en termes d'efficience et, lorsqu'elles étaient concentrées sur les transferts et d'autres dépenses courantes, de leur durabilité apparente. Avec un niveau de prélèvements qui atteint déjà environ 35 % du PIB en moyenne dans la zone OCDE (et jusqu'à 50 % environ dans certains pays), de nombreux régimes fiscaux réduisent le PIB en émoussant les incitations au travail, à l'épargne et à l'investissement. Les dépenses publiques sont élevées dans la plupart des pays de l'OCDE fortement endettés. Devant la hausse imminente des coûts liés au vieillissement, la voie la plus prometteuse de la viabilité budgétaire passe par des réductions de dépenses qui améliorent l'efficience allocative (meilleure utilisation générale des ressources) ou productive (moindre coût des ressources par unité de service produit)[3]. » Ces lignes, même quelque peu technocratiques, s'appliquent plus que jamais à la France de 2025.

Les pays étrangers qui ont rattrapé et dépassé la France depuis près de cinquante ans ont engagé sur cette période ce que les économistes Alberto Alesina et Silvia Ardagna ont appelé une politique d'« austérité expansive »[4]. Ces pays (dont la Suède, l'Irlande, le Danemark ou encore la Nouvelle-Zélande, que nous passons en revue ci-après) sont parvenus à relancer l'activité économique et à redresser leurs finances en diminuant leurs dépenses publiques. La littérature économique démontre que les pays qui ont le moins augmenté leurs dépenses publiques sont aussi ceux qui ont enregistré la plus forte croissance économique. À l'inverse, des pays comme la France, l'Italie ou le Japon ayant laissé filer leurs dépenses sont désormais parmi les pays les plus endettés au monde, avec une croissance moyenne par habitant inférieure à 1 et même proche de 0 (cas du Japon).

---

[3] OCDE, « Quels sont les meilleurs instruments de la consolidation budgétaire ? », *Note de politique économique n° 12 du Département des Affaires économiques*, avril 2012.

[4] A. ALESINA and S. ARDAGNA, "The Design of Fiscal Adjustments", *Tax Policy and the Economy*, 2013, vol. 27, n° 1, p. 19-68.

2/ Les bons exemples à l'étranger

Pourquoi faire des économies budgétaires ? Parce que c'est la seule option possible lorsqu'on détient déjà les records mondiaux d'impôts et de cotisations (45,6 % du PIB, devant la Belgique) et de dépenses publiques (57,3 % du PIB, devant la Finlande). Et, plus encore, parce que c'est la seule politique qui puisse porter ses fruits, en assainissant les finances sans affecter la croissance économique. Pour nous autres Français, l'étude comparative de la réforme de l'État et du secteur public dans un grand nombre de pays étrangers est riche d'enseignements. Quelles que soient leurs traditions historiques et culturelles et leur philosophie de l'État, et par-delà les alternances électorales, les grands pays industrialisés ayant redressé durablement leurs comptes publics y sont parvenus, non en augmentant les impôts comme en France, mais en diminuant fortement les dépenses improductives. Nous avons aujourd'hui suffisamment de recul pour montrer comment ces pays ont procédé pour réformer leur administration, rendre plus efficaces leurs services publics et, en définitive, redynamiser leur économie au bénéfice de la collectivité tout entière.

Sans prétendre à l'exhaustivité (l'ampleur documentaire et géographique du sujet rendrait de toute façon la tâche impossible à l'échelle du présent livre !), nous pouvons néanmoins passer en revue plusieurs exemples étrangers. Ils attestent d'une corrélation entre, d'un côté, le recul du poids de l'État dans la vie économique et le reflux du niveau des dépenses publiques et, de l'autre, un dynamisme économique significatif – et en tout état de cause nettement supérieur à celui d'une France dont l'administration apparaît par contraste immobile et sclérosée, et la croissance atone.

Commençons par la Suède, exemple d'autant plus intéressant et inspirant pour la France que nos deux pays connaissent de forts ratios de dépenses publiques sur PIB par rapport à la moyenne des pays de l'OCDE, avec néanmoins des trajectoires très différentes. Tandis que la Suède a réduit son ratio de dépenses publiques de 20 points en moins de vingt ans (50 % du PIB en 2024, contre 70 % du PIB en 1995), la France a au contraire augmenté le sien de 2 points sur la même période (57 % du PIB contre 55 %). Alors même que la richesse par habitant de la Suède était 13 % seulement supérieure à la nôtre en 1995, elle est aujourd'hui 40 % plus élevée. Dans le détail, la Suède est parvenue à diminuer sa dépense pour l'ensemble des politiques publiques (exceptions faites de la Santé et de l'Ecologie), quand la France l'augmentait partout (exceptions faites de la Défense et de l'Enseignement). Comment la Suède a-t-elle fait pour parvenir à ces résultats ?

La Suède est entrée en récession au début des années 1990. L'accord transpartisan scellé par les Conservateurs victorieux lors des élections législatives de 1991 comprit, outre la diminution des dépenses publiques et des impôts, d'importantes politiques de privatisation (en particulier dans le secteur éducatif, où la carte scolaire fut supprimée et la création d'écoles privées sous contrat encouragée). Un grand nombre de services collectifs furent ouverts à la concurrence : les taxis, les établissements d'hébergement pour personnes âgées, le transport aérien, les écoles maternelles, les agences pour l'emploi, les services postaux et de télécommunications. Loin de remettre en cause ce choix, la victoire des Sociaux-Démocrates aux élections législatives de 1994 l'amplifia, d'autres secteurs étant à leur tour ouverts à la concurrence, notamment l'électricité et le fret ferroviaire. Les gouvernements suivants, qu'ils soient sociaux-démocrates ou conservateurs, ont poursuivi une politique de discipline budgétaire produisant un double dividende : la baisse de la dépense et l'augmentation subséquente de la croissance économique. A partir de 2006, le gouvernement du Premier ministre de centre-droit, Fredrik Reinfeldt, baissa la dépense en privatisant une grande partie du secteur de la santé et en durcissant notamment les conditions requises pour bénéficier des allocations chômage et des indemnités d'arrêt maladie. Si, comme la France, la Suède a mené une politique de relance par la dépense publique pour surmonter la crise des *subprimes* de 2008, la Suède a, à la grande différence de la France, profité du retour à une situation normale pour assainir ses finances. Et lors de l'épisode de la Covid-19, la gestion de la crise par le gouvernement suédois fut nettement moins dispendieuse (+ 3 points de PIB de dépenses supplémentaires) que celle des gouvernements d'Edouard Philippe et de Jean Castex (+ 6 points de PIB). Les deux pays ayant été confrontés aux mêmes crises, financière puis sanitaire, la dégradation des finances publiques françaises apparaît davantage comme la conséquence de la gestion de crise et de la sortie de crise, que des crises elles-mêmes. Bien sûr, des politiques « contracycliques » ne sont pas illégitimes pour traiter des périodes exceptionnelles par la dépense et le déficit publics. Mais, une fois la crise passée, il est impératif de supprimer le plus rapidement possible les programmes de financement associés. C'est précisément ce que la France n'a pas fait.

Le principal écart entre la Suède et la France s'explique cependant par les prestations sociales (17,5 % du PIB contre 25 %), et en particulier par le poids des pensions de retraite. Pour faire face au vieillissement de sa population, la Suède a substantiellement réformé son système de retraite. Celui-ci est devenu, à partir de la fin des années 1990, et avec le soutien quasi-unanime de la classe politique de la représentation nationale, un système à financement mixte combinant « pension minimum », « répartition » et « capitalisation ». Le système de retraites suédois fixe en outre un taux de cotisations plafonné, les ajustements financiers nécessaires reposant par conséquent sur le niveau des pensions et non celui des cotisations. En introduisant une dose de capitalisation et en modifiant le calcul des pensions, la réforme suédoise a ainsi permis de mettre en place un système mieux équilibré financièrement et incitatif au recul de l'âge de départ à la retraite. Grâce au pilier par capitalisation, le bilan du système suédois est très positif, puisqu'il affiche un taux de remplacement (montant de la retraite par rapport au dernier salaire) moyen de 80 %.

Poursuivons les comparaisons avec l'Irlande, pays qui, à la différence de la Suède, enregistrait un ratio de dépenses publiques sur PIB déjà relativement faible en 1995 (40 %), mais qui a néanmoins décidé de le réduire davantage. Avec un taux de 23,5 % en 2024, l'Irlande est le pays qui connaît la part de dépenses la plus faible des pays membres de l'Union européenne. Essayons d'en comprendre les raisons et de voir si la France peut s'en inspirer, au moins partiellement. Car ce qui frappe là encore l'analyste, c'est le décrochage significatif de la richesse par habitant de la France par rapport à celle de l'Irlande. Celle-ci est aujourd'hui 2,5 fois supérieure à la richesse française par habitant, l'écart ayant doublé depuis 1995 à mesure que l'Irlande réduisait sa dépense et que la France augmentait la sienne. A partir de 1995, et jusqu'à la crise financière de 2008, l'Irlande a connu des taux de croissance proches des 6 % annuels. S'ils sont la conséquence d'une politique fiscale attractive pour les investissements directs étrangers, celle-ci fut précédée d'une politique de diminution de la dépense qui fut réactivée à la sortie de la crise de 2008. Les plans de 2011-2013 et de 2014-2016 sont l'illustration parfaite de réformes réussies du secteur public. Les effectifs et les budgets des administrations ont été réduits sans que la qualité des services publics ne soit dégradée.

La gestion des ressources humaines dans la fonction publique fut modernisée, avec à la clef d'importants gains de productivité. Citons ici le « programme JobPath » porté par le département irlandais de la protection sociale et visant le retour à l'emploi des chômeurs. Ce programme s'est accompagné d'un renforcement de la numérisation au sein de la sphère publique (distribution de cartes numériques pour accéder aux services publics, politique du guichet unique, services partagés pour la gestion des systèmes de rémunération). L'Irlande a su combiner les baisses d'impôts et de dépenses avec une recherche constante de gains de productivité. L'Irlande est aujourd'hui au troisième rang mondial de l'indice des libertés économiques calculé chaque année par Heritage Foundation. Tandis que son score a progressé entre 1995 et 2024, passant de 68,5 à 82,6, celui de la France a reculé, passant de 64,4 à 62,5.

Le Danemark devrait être également un exemple inspirant pour la France. En 2023, le Danemark affichait un excédent budgétaire (+ 0,8 % du PIB), quand le déficit public français était de 5,5 % du PIB. Avec une dette publique stabilisée autour des 30 % du PIB, le Danemark dispose de marges de manœuvre budgétaires que la France n'a pas si une nouvelle crise d'ampleur survenait. Entre 1995 et aujourd'hui, le Danemark a baissé de plus de 12 points le poids de sa dépense publique (46,5 % du PIB aujourd'hui, contre 58,7 % il y a vingt ans). Une fois de plus, on observe un enrichissement relatif des Danois vis-à-vis des Français sur la période. En 1995, la richesse par habitant français représentait 75 % de celle d'un habitant danois. Aujourd'hui, elle n'en représente plus que 60 %, ce qui témoigne de notre décrochage. L'exemple danois est sans doute plus facilement imitable que le modèle irlandais compte tenu de la forte tradition interventionniste danoise. Mais, à l'inverse de la France, le Danemark est parvenu à contenir la hausse de sa dépense publique.

Comme pour la Suède, le principal poste de dépenses qui a baissé relativement au PIB correspond aux dépenses de protection sociale. Et, comme pour la Suède, on retrouve à l'origine de la baisse des dépenses le centre-droit libéral, quoiqu'on observe là aussi une certaine continuité indépendamment des alternances politiques. Sur la période 1995-2022, le Parti libéral et ses coalitions ont gouverné quasiment autant que le Parti social-démocrate. La bonne tenue des finances danoises est donc la traduction d'un consensus politique, quand bien même la pondération entre les mesures adoptées varie d'une majorité politique à l'autre.

La baisse des dépenses au Danemark s'est articulée autour de quatre axes : la réforme apportée aux procédures budgétaires et aux méthodes comptables, relevant d'une approche orientée vers l'appréciation des résultats de la dépense publique ; l'indexation de l'âge de départ à la retraite sur l'espérance de vie ; l'introduction d'une dose de capitalisation dans un régime de retraite jusque-là exclusivement par répartition ; la plus grande souplesse donnée au marché du travail (ou flexisécurité). En parallèle, les autorités danoises ont systématiquement pratiqué des revues de dépense afin de faire la chasse aux dépenses improductives, même minimes.

Le Danemark dispose d'un cadre budgétaire contraignant, propice à la discipline financière du pouvoir politique et de nature à réduire les charges d'intérêt de la dette publique. Le déficit budgétaire structurel est limité à 0,5 % du PIB, et il ne peut être dépassé qu'en cas de circonstances exceptionnelles. Des plafonds de dépenses sont prévus par périodes de quatre ans, couvrant un spectre extrêmement large incluant une palette variée de transferts sociaux (pensions de retraite, aides au logement, bourses scolaires, etc.). Autrement dit, toute dépense sociale ou de fonctionnement qui croît au-delà du taux fixé par le Parlement doit être réduite sous peine de sanctions. Il est important de noter ici qu'il n'existe aucun principe permettant de compenser une hausse de dépenses dans un domaine donné par une baisse à due concurrence dans un autre domaine. Ces plafonds s'appliquent également aux collectivités locales, tenues elles aussi de les respecter sous peine d'être sanctionnées. Par ailleurs, le Danemark a mis en place un mécanisme d'indexation de l'âge légal de départ à la retraite sur l'espérance de vie. D'ici à 2060, l'âge légal de départ à la retraite devrait ainsi être porté de 65 à 73 ans. Le taux d'emploi des seniors atteint aujourd'hui 73 % de la population active au Danemark, contre seulement 57 % en France. Comme en Suède, la réforme du système de retraite a été l'une des conditions décisives du succès au Danemark de la diminution de la dépense publique (on estime ainsi à 6 points de PIB l'incidence favorable de la réforme des retraites sur la dépense publique). D'abord parce que la réforme des retraites aura contribué à augmenter la population active et à limiter la durée moyenne de versement des pensions (grâce au recul régulier et mécanique de l'âge légal), ensuite parce qu'elle aura introduit une dose de capitalisation. A l'orée des années 1990, le centre-droit libéral danois a favorisé la création de fonds de pension concourant largement à la diminution des dépenses tout au long de la décennie. L'ajout d'un pilier de capitalisation a eu un double mérite : répondre au choc du vieillissement sans affecter les finances publiques et leur viabilité. Il convient également de mentionner la flexisécurité mise en œuvre par le Danemark au milieu des années 1990. Comme son nom l'indique, la « flexisécurité » donne de la flexibilité aux employeurs. En contrepartie de revenus salariaux sécurisés, les coûts de licenciement sont réduits. Le droit du travail danois ne cherche pas à protéger le salarié du licenciement ; il cherche à le protéger d'un risque : la perte d'emploi. La flexisécurité a permis de baisser substantiellement le taux d'inactivité de la population danoise. Mécaniquement, l'augmentation du taux d'emploi (en particulier chez les seniors) et la diminution corrélative du taux de chômage ont fait baisser les dépenses liées aux pensions de retraite et aux indemnités chômage. On peut donc constater que la croissance de la production et la diminution de la dépense sont en partie liée.

L'expérience danoise est d'autant plus instructive pour la France qu'elle montre qu'il est possible de faire des économies sans démanteler l'État-Providence, à la condition (et cette condition n'est pas mince lorsqu'on se replace dans le débat public français !) de préserver les incitations au travail, ce qui suppose de stopper les transferts sociaux massifs sans contrepartie productive. Ce principe de responsabilité est d'ailleurs inscrit dans le granit de la Constitution danoise, au premier alinéa de son article 75 : « Dans l'intérêt du bien commun, il convient de s'efforcer à ce que tout citoyen apte au travail ait la possibilité de travailler dans des conditions propres à assurer son existence. »

Poursuivons ce tour d'horizon comparatif par un exemple extra-européen : la Nouvelle-Zélande. Cet exemple est, lui aussi, particulièrement intéressant pour la France puisque la Nouvelle-Zélande fut, pendant presque un siècle, un modèle pour tous les tenants de l'État-Providence. C'est un gouvernement travailliste qui, en 1984, mit en œuvre l'une des politiques de libéralisation les plus radicales, par la suite prolongée indépendamment des alternances électorales. La libéralisation de l'économie et l'assainissement des comptes publics ont marqué le début d'un cycle de forte croissance de la productivité et de l'emploi. Entre le début des années 1980 et la fin des années 1990, le ratio d'endettement est passé de 52 % du PIB à 32 % grâce à un retour des excédents budgétaires. Les Néo-Zélandais ont de nouveau pu bénéficier d'un niveau de vie comparable à celui des populations les plus prospères. Au début des années 1990, la richesse par habitant français était le double de celle des néo-zélandais. Or aujourd'hui, elle ne représente plus que 80 % de la richesse néozélandaise par habitant. La Nouvelle-Zélande a plus que rattrapé son retard économique à l'égard de la France. Comment la

Nouvelle-Zélande a-t-elle procédé ? Elle a tout d'abord mené une politique de vérité des prix, ce qui l'a conduit à abandonner toute politique d'encadrement des salaires ou des loyers, et à couper dans le maquis des aides publiques aux entreprises. Elle a ensuite engagé une vaste réforme du secteur public articulée autour des trois principes d'« autonomie », de « subsidiarité » et de « responsabilité ». Les monopoles publics ont été démantelés, une vingtaine d'entreprises publiques ont été privatisées. Le statut de la fonction publique a été supprimé, les directeurs d'administration étant par exemple recrutés directement dans le secteur privé. Depuis la fin des années 1980, les hauts fonctionnaires sont recrutés par contrat pour une durée de cinq ans, et se voient fixer une liste d'objectifs à remplir. Le gouvernement néozélandais a, hors situation exceptionnelle (telles les crises financière et sanitaire de 2008 et de 2020), l'obligation de présenter un budget en excédent et de fixer des objectifs fiscaux et budgétaires à atteindre sur dix ans. Sans surprise, la diminution des dépenses sociales fut également au cœur de la stratégie d'assainissement des finances néo-zélandaises, avec une philosophie finalement assez proche de la flexisécurité danoise consistant à augmenter le taux d'activité de la population et à limiter la part des inactifs à la charge des actifs. Pour faire face au vieillissement de la population néozélandaise, le gouvernement a également renforcé, dès le début des années 2000, le pilier de capitalisation du système des retraites. Sa principale caractéristique est de verser sans condition de ressources une pension universelle et non contributive aux personnes âgées de 65 ans ou plus ayant leur résidence habituelle en Nouvelle-Zélande au moment de leur départ en retraite.

La France est aujourd'hui sur une trajectoire économique moins favorable que la Nouvelle-Zélande. Depuis le début du siècle, la richesse par habitant croît chez nous à un rythme deux fois inférieur (0,8 % en moyenne depuis vingt-cinq ans, contre plus de 1,5 %). Notre capacité à répondre au défi du vieillissement est plus faible que la leur, alors que leurs marges de manœuvre budgétaires sont plus grandes : les dépenses publiques de retraite ne représentent que 5,2 % du PIB en Nouvelle-Zélande (contre 14,5 % du PIB chez nous). Alors qu'ils ont massivement dépensé pendant la crise Covid-19, la dette publique néozélandaise n'est que de 50 % (contre plus de 115 % en France). Toutes ces expériences étrangères délivrent une même leçon pour la France : la baisse des dépenses publiques, sociales en particulier, se trouve compensée par un accroissement des gains offerts sur le marché à la population.

Enfin, comment ne pas dire un mot sur l'Argentine de Javier Milei ? Elu en décembre 2023 malgré un statut d'*outsider* dans les sondages, le président libertarien se prête depuis bientôt deux ans à un rôle de réformateur radical, prêt à tout, tronçonneuse à la main, pour refermer les plaies béantes de l'étatisme et de l'inflation après vingt années de péronisme (2003-2023). A sa prise de fonction, le déficit budgétaire dépassait les 6 % du PIB, l'inflation annuelle cumulée culminait à plus de 210 % et près de 42 % de la population vivait sous le seuil de pauvreté. Son gouvernement a immédiatement présenté une loi spéciale portant dérégulation de l'économie argentine, coupes de grande ampleur dans les dépenses, privatisations d'entreprises, flexibilisation du marché du travail, incitations aux grands investissements en capitaux privés. L'état d'urgence fut décrété dans quatre domaines (administratif, économique, financier et énergétique) permettant au gouvernement de légiférer par décret pour une durée d'un an. Javier Milei a, en premier lieu, transférer les passifs de la Banque centrale au Trésor, obligeant ce dernier à financer ses obligations par des excédents budgétaires. Car Milei s'était surtout engagé à s'attaquer au principal fléau argentin : la dépense publique, cause d'un déficit budgétaire exponentiel. « *No hay plata !* », s'exclama

Milei (« Les caisses sont vides ! »). Le gouvernement argentin a rapidement supprimé des ministères entiers, réduisant structurellement la dépense fédérale ainsi que le nombre de fonctionnaires (45 000 suppressions). Grâce aussi à une désindexation des subventions et des salaires, et à un rabot sur les pensions de retraite, Javier Milei a réduit la dépense publique totale de 35 % sur la seule année 2024. Le coût social de court terme (le taux de pauvreté a bondi en six mois de onze points, à 53 %) fut rapidement effacé grâce à l'afflux de capitaux privés étrangers, faisant replonger le taux de pauvreté de quinze points (38 %) grâce au dynamisme économique retrouvé. En un an, l'inflation fut pratiquement divisée par deux. Depuis octobre 2024, l'inflation mensuelle s'est même stabilisée autour de 2,5 % (contre 25,5 % au moment de son élection). La politique de dérégulation de l'économie argentine a également stimulé les exportations. Déficitaire de près de 7 milliards de dollars en 2023, la balance commerciale du pays fut excédentaire de 18 milliards à la fin de l'année 2024. Lourdement déficitaire, le solde public est lui aussi redevenu excédentaire (+ 0,3 % en incluant le coût des intérêts de la dette, égal à 1,5 % du PIB). Il faut rappeler que l'Argentine a été la première puissance d'Amérique latine au début du XXe siècle, et même l'une des dix premières puissances mondiales, avant de décroître à partir des années 1960 sous le poids de la dictature militaire, de la corruption et d'un interventionnisme étatique tous azimuts. A l'heure où la France s'interroge sur le poids de l'État et la soutenabilité de sa dépense publique, la méthode Milei pourrait-elle, au moins partiellement, trouver chez nous une traduction politique adaptée à nos spécificités locales ?

3/ Rompre avec les habitudes fâcheuses et fournir au moins 120 milliards d'efforts sur cinq ans

Un objectif minimal pour le budget devrait être, hors périodes de crise, de stabiliser le poids de la dette par rapport à la richesse nationale. Cela nécessite de réduire le déficit dit primaire (c'est-à-dire la différence entre recettes et dépenses, hors charges d'intérêts de la dette) et de le ramener progressivement à 0. Ce déficit primaire est aujourd'hui d'environ 4 % du PIB, soit un effort à fournir pour tendre vers zéro de l'ordre de 120 milliards (et même de 150 si l'on accepte le principe que les dépenses militaires doivent croître de 1 % du PIB). Un tel effort est également justifié par nos engagements européens, nécessaire pour que la parole de la France soit respectée. Cet effort pourrait et devrait être atteint à l'horizon d'un quinquennat. À l'inverse, si on fait l'hypothèse que le déficit primaire va rester à son niveau actuel (ce qui suppose déjà que l'on compense à due concurrence les nouvelles dépenses militaires par des économies ailleurs), et en conservant les projections qui sont faites aujourd'hui quant à l'évolution des taux d'intérêt, la dette publique atteindrait 135 % du PIB en 2030. C'est le niveau actuel de la dette italienne, avec toutefois une différence de taille : la dette de l'Italie est stabilisée à 135 % du PIB depuis dix ans, tandis que la nôtre est installée sur une pente qui croît dangereusement.

Précisons d'emblée qu'il s'agit là d'un effort « structurel » et non pas « tendanciel ». C'est technique mais c'est important. L'examen des projets de loi de finances (PLF) et de financement de la sécurité sociale (PLFSS) pour 2025 s'était, à cet égard, ouvert par une controverse entre le Gouvernement et le Haut Conseil des finances publiques (HCFP) portant à la fois sur l'étendue réelle de l'effort et sur la décomposition de cet effort entre baisse des dépenses et hausse des impôts et cotisations sociales. Pour le HCFP, l'effort structurel s'élevait à 30 milliards, reposant « principalement » sur une hausse d'impôts (0,9 point de PIB, soit 27 milliards) et « faiblement » sur une baisse de dépenses (0,1 point de PIB, soit 3 millards)[5]. Cet effort différait sensiblement de celui affiché à l'automne 2024 par le Gouvernement : 60 milliards, dont 40 milliards de réduction de dépenses et 20 milliards de hausse d'impôts et cotisations. Là où le Gouvernement s'appuyait sur un scénario tendanciel, impossible à vérifier car échafaudé à partir d'hypothèses non communiquées (!), le HCFP s'en était tenu plus raisonnablement, et de façon plus réaliste, au calcul de l'évolution structurelle du solde public.

En définitive, le Gouvernement évoquait même un effort de réduction de dépenses de 50 milliards. A-t-on réellement fait 50 milliards d'économies en 2025, dont 20 pour les dépenses de l'État « par rapport au tendanciel » ? Impossible de le savoir ! Pourquoi ? Car aucune précision n'est fournie aux parlementaires à propos de cette notion aux contours flous de « tendanciel ». En dehors des dépenses sociales — qui sont des dépenses de guichet liées à des tendances sur lesquelles le Parlement n'a que peu de prise — le concept de « tendanciel » recouvre une autre réalité. En effet, même si le Parlement s'attache à organiser une régulation des dépenses de santé via l'Objectif national de dépenses d'assurance maladie (ONDAM), ces dépenses sociales échappent largement à une décision politique directe. En revanche, la notion de « tendanciel » concerne des dépenses autorisées par le politique, soit par le Parlement dans le cadre de l'examen du budget, soit par les collectivités locales. Elle mérite donc absolument d'être clarifiée et documentée pour pouvoir être utilisée par le législateur en

---

[5] Avis n° HCFP-2025-1 relatif à l'amendement des PLF et PLFSS pour l'année 2025, 29 janv. 2025, p. 18.

adéquation avec les exigences démocratiques les plus élémentaires. En réalité, en exprimant un effort « tendanciel », le Gouvernement trompe à la fois la représentation nationale et les Français en surestimant volontairement l'effort effectivement réalisé ! Car si on délaisse le « tendanciel » au profit du « structurel », on s'aperçoit que l'effort n'a été que de 25 milliards, reposant quasi exclusivement sur des hausses d'impôts et de cotisations présentées pour une large part comme exceptionnelles ou temporaires. Or, on ne comble pas un déficit permanent avec des mesures provisoires, exceptionnelles ou temporaires...

Le plan Bayrou, présenté par le Premier ministre le 15 juillet 2025 pour réduire le déficit public de 5,4 % à 4,6 % du PIB en 2026, correspond lui aussi à un effort global chiffré à environ 44 milliards « par rapport à une évolution tendancielle » (dont 30 d'économies et 14 d'augmentation d'impôts). Là encore, l'effort dit « structurel » est sensiblement moindre puisqu'il est plus de deux fois inférieur : environ 21 milliards (dont 15 d'économies et 6 d'augmentation d'impôts).

Rompre avec les fâcheuses habitudes voudrait aussi dire être plus prudent dans les prévisions d'inflation et de croissance sur lesquelles le Gouvernement bâtit son projet de budget. Cela permettrait de minimiser la hausse des dépenses (souvent liée à la prévision d'inflation) et d'avoir de bonnes nouvelles sur les recettes si la croissance s'avère finalement supérieure à la prévision. Plus que jamais, la situation de nos finances publiques et l'ampleur des erreurs dans les prévisions fiscales et budgétaires des deux années 2023 et 2024 imposent un principe de prudence : mieux vaut avoir de bonnes surprises que se heurter à des déconvenues. En la matière, je préconise l'application d'un « abattement de prudence » : celui-ci consisterait, pour le Gouvernement, à fonder ses prévisions d'inflation et de croissance du budget (présenté chaque année fin septembre ou début octobre pour une application au 1er janvier de l'année suivante) sur les prévisions moyennes du Consensus des économistes (ou *Consensus Forecasts*)[6] publiées au mois de juin, tout en retranchant 0,5 point de ces prévisions.

L'expérience montre qu'une telle méthode conduirait soit à coller à la réalité de l'exécution budgétaire, soit à enregistrer une bonne surprise à l'issue de l'exercice. Vérifions-le à partir de trois exemples : 2019 (c'est-à-dire avant Covid), 2023 (avec le déploiement de dépenses dites « exceptionnelles » liées aux crises) et 2025 (retour à une année « normale »). Pour 2019, les prévisions de croissance et d'inflation du Gouvernement étaient initialement de 1,7 % et de 1,4 %. Celles du Consensus des économistes étaient respectivement, au mois de juin 2018, de 1,9 % et de 1,6 %. En appliquant cet « abattement de prudence » de 0,5 point, le budget 2019 aurait donc été construit sur la base d'une hypothèse de croissance de 1,4 % et d'une hypothèse d'inflation de 1,1 %. Cette année-là, les taux de croissance et d'inflation ont finalement été de 2,0 % et de 1,1 %. Avec cette méthode, les dépenses publiques auraient été mieux contenues (compte tenu d'une prévision d'inflation parfaitement exacte !) et les rentrées fiscales encore plus favorables que dans le scénario du Gouvernement. Voyons ce qu'il en aurait été pour 2023. Les prévisions de croissance et d'inflation de l'Exécutif étaient de 1 % et de 4,2 %. Celles du Consensus des économistes étaient, à l'été, de 1,5 % et de 3,6 %. Avec l'« abattement de prudence » de 0,5 point, le budget 2023 aurait donc été construit à partir d'une prévision de croissance de 1 % (identique à celle du Gouvernement) et d'une prévision d'inflation de 3,1 %. En 2023, les taux de croissance et d'inflation ont respectivement été de 0,9 % et de 4,9 %. Le principe de prudence que je préconise n'aurait pas eu d'incidence particulière en matière

[6] Organisme privé chargé de collecter et de publier des prévisions macroéconomiques réalisées par plus de 700 économistes pour une centaine de pays.

de recettes, mais aurait conduit à être plus précautionneux en matière de dépense. Qu'en est-il enfin pour 2025 ? Le Gouvernement a bâti son projet de loi de finances sur des prévisions de croissance et d'inflation de 1,1 % et de 1,8 %. Celles du Consensus des économistes en juin 2024 étaient de 1,2 % et de 1,8 %. À l'heure où est achevé ce livre, la Banque de France envisage une croissance limitée à 0,3 % seulement en 2025, et une inflation en net reflux, à 1,0 %. Preuve, une fois de plus, que ce principe de prudence eût été un principe de vertu...

Autre aberration à laquelle il conviendrait de remédier : la multiplication des lois dites de programmation, que j'ai d'ailleurs refusé de voter. Ces dernières limitent les marges de manœuvre de l'État en décidant plusieurs années à l'avance l'augmentation des crédits consacrés à certaines politiques publiques. En application de ces lois concernant l'Intérieur, la Justice, la Recherche et la Défense, les crédits budgétaires augmenteraient de plus de 14 milliards entre 2024 et 2027 et de 23,5 milliards jusqu'en 2030, ce qui accentue d'autant les efforts à réaliser sur les autres politiques pour revenir à déficit sous la barre des 3 % du PIB, conformément à nos engagements européens.

Dépenses supplémentaires prévues par les lois de programmation sectorielle par rapport à 2024

(en milliards d'euros)

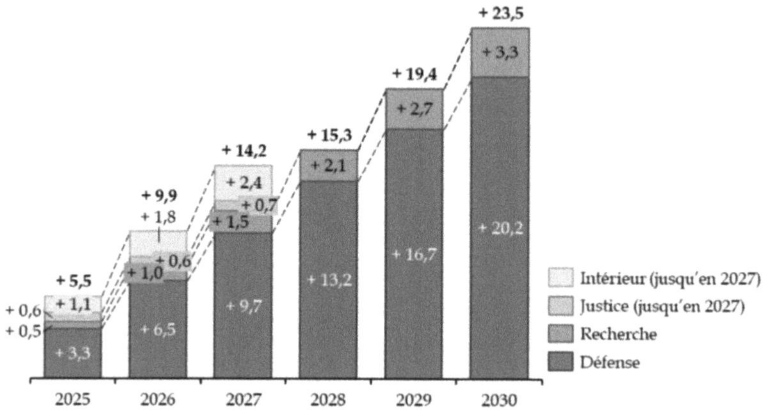

Source : calculs commission des finances, à partir des lois de programmation sectorielles

En vertu du principe d'annualité budgétaire, la trajectoire financière de ces lois de programmation peut toujours être réinterrogée. Il n'est d'ailleurs pas de bonne politique que de tracer des orientations irréalistes très vite rattrapées par la réalité budgétaire, c'est-à-dire la situation de nos comptes publics. La persistance d'un déficit public extrêmement élevé, et notamment d'un déficit budgétaire de l'État très supérieur au niveau qui permettrait de stopper la croissance de la dette, doit nous conduire à réexaminer chaque euro de dépense publique, y compris celle des politiques couvertes par une loi de programmation. Seule la loi de programmation militaire devrait être préservée.

Enfin - et ce n'est pas là le moins important ! -, la cible des 120 à 150 milliards d'économies commande, au préalable, une révolution des esprits chez les décideurs publics, trop souvent enclins à penser, par habitude et finalement par paresse intellectuelle, qu'un « bon budget » est nécessairement « un budget qui augmente », suivant la ritournelle tout aussi paresseuse d'un prétendu « manque de moyens » démenti par les faits. Tous les chiffres et toutes les comparaisons internationales l'attestent : ce n'est pas le « manque de moyens » qui est en cause en France, contrairement à ce qui est ânonné sans arrêt, mais le manque de sérieux et de rigueur dans leur allocation et leur gestion. Il suffit qu'une mauvaise nouvelle soit annoncée au journal de 20 heures pour que le pouvoir politique veuille intervenir. Comme la seule façon qu'il a de le faire, c'est par de la dépense ou de la réglementation supplémentaires, on accumule des dépenses et on empile des réglementations qui, à leur tour, appellent de nouvelles dépenses. C'est de ce réflexe dont nous devons collectivement nous défaire. Notre problème de fond est culturel ; il est le résultat d'un État beaucoup trop jacobin auquel nous demandons tout. Ailleurs, comme en Allemagne par exemple, on s'en remet plutôt à l'agilité de collectivités locales puissantes, qui sont, quant à elles, contraintes financièrement et donc obligées de faire des choix ou de mener des expériences différentes, parfois innovantes et, en tout cas, plus adaptées à la demande des citoyens (et par conséquent plus aptes à les satisfaire).

4/ Des coups de rabot mais aussi des réformes structurelles

La France est mise en demeure d'assainir ses finances publiques. En 2024, sa note a été dégradée par les trois grandes agences de notation. Début 2025, Standard & Poor's (S&P) a même fait passer la note française en « perspective négative », laissant augurer une nouvelle dégradation.

Année	Moody's	S&P	Fitch
2014	Aa1 (stable)	AA (négatif)	AA (stable)
2015	Aa1 (stable)	AA (négatif)	AA (stable)
2016	Aa2 (stable)	AA (stable)	AA (stable)
2017	Aa2 (stable)	AA (stable)	AA (stable)
2018	Aa2 (stable)	AA (stable)	AA (stable)
2019	Aa2 (stable)	AA (stable)	AA (stable)
2020	Aa2 (stable)	AA (stable)	AA (négatif)
2021	Aa2 (stable)	AA (stable)	AA (négatif)
2022	Aa2 (stable)	AA (négatif)	AA (négatif)
2023	Aa2 (stable)	AA (stable)	AA- (stable)
2024	Aa3	AA- (stable)	AA- (négatif)
2025	Aa3	AA- (négative)	AA- (négatif)

Source : Agences de notation et données de marché
Lecture : les changements de notation sont indiqués en rouge.

Évolution de la note financière de la France des agences de notation depuis 2014

Pour rassurer nos créanciers, nous l'avons dit, l'effort devra être massif et itératif. Les gels et les coups de rabot sont, à court terme et à l'occasion de l'examen de la loi de finances de l'année, sinon l'unique moyen, du moins le plus sûr de dégager rapidement de substantielles économies, suffisamment générales pour mettre tout le monde à contribution. Certes, ce n'est pas une réforme structurelle d'ensemble, mais cela permet de « refroidir le moteur ». Ces gels et coups de rabot ne doivent pas nous dispenser d'engager « en même temps » des réformes structurelles, au moyen de projets de loi *ad hoc*, c'est-à-dire en dehors des projets de loi de finances, touchant (même indirectement) tous les grands postes de dépenses publiques : report de l'âge de départ à la retraite avec ajout d'un pilier de capitalisation, plafonnement de l'ensemble des prestations sociales, augmentation du temps de travail, limitation du statut de la fonction publique, lutte contre le coût des normes et des réglementations, renforcement de la décentralisation, refonte de l'audiovisuel public, etc. J'évoquerai plus en détail chacun de ces points dans les chapitres suivants du livre.

Ma conviction est, d'une part, que chaque Français doit être associé à l'effort de redressement des comptes publics, d'autre part, que l'ensemble des politiques publiques dans lesquels des gisements d'économies existent fassent l'objet de réformes en profondeur, quand bien même leurs fruits ne seraient pas immédiats.

Dans la perspective du budget 2026, avec mes collègues du groupe Union centriste et ceux de la majorité sénatoriale, nous avons soutenu l'idée d'une « année blanche » en 2026. Une année blanche ne signifie pas une année sans crédits ni dotations, mais une année durant laquelle les administrations vont s'efforcer de fonctionner avec le même niveau de ressources qu'en 2025. S'agissant du budget de l'État, son application conduit à se fixer l'objectif d'une stabilisation en valeur, c'est-à-dire en euros courants, des crédits des missions budgétaires de l'État. La contrainte est réelle, car il faut compenser les effets de l'inflation, mais l'effort est largement réparti et finalement assez modeste compte tenu du reflux de l'inflation (prévue aux alentours de 1,4 % en 2026). L'année blanche implique que les gestionnaires publics se mettent tous en ordre de marche pour faire mieux en 2026 avec le même niveau de crédits qu'en 2025. En dehors de la Défense (la loi de programmation militaire doit être respectée), de notre contribution au budget de l'Union européenne et du paiement incompressible de la charge de la dette, une simple stabilisation des crédits des ministères permettrait de réaliser 10 milliards d'économies au niveau de la sphère de l'État.

La logique de l'« année blanche » ou du « gel » doit évidemment être transposée à la sphère sociale. Le gel de l'ensemble des prestations sociales, habituellement indexées sur l'inflation, permettrait une économie de l'ordre de 5 milliards, dont 3 milliards pour le seul gel des pensions de retraite au 1er janvier 2026. Suivant le périmètre retenu, l'« année blanche » peut aussi concerner les recettes fiscales, en n'indexant pas le barème de l'impôt sur le revenu (IR) ou les seuils des différents taux de contribution sociale généralisée (CSG) pour les retraités. L'indexation du barème progressif de l'IR est une pratique constante et quasi-systématique depuis 1969 (seules les lois de finances des années 2012 et 2013 y ont dérogé). Outre celui d'empêcher l'entrée dans l'imposition de foyers fiscaux jusqu'ici non imposables, l'indexation du barème de l'IR a pour but d'empêcher l'augmentation du taux d'imposition des contribuables dont les revenus ont augmenté moins vite que l'inflation, et pour qui le pouvoir d'achat n'a donc pas progressé. Pour ma part, je suis opposé à toute hausse d'impôt, à plus forte raison s'agissant d'un impôt, l'IR, déjà hyper concentré sur une fraction minoritaire de contribuables – concentration de la charge fiscale que renforcerait encore le gel du barème.

Au-delà du gel, des rabots ciblés (ponction de 10 % sur la trésorerie disponible des opérateurs de l'État, baisse de 5 % des subventions aux associations, etc.) voire la suppression intégrale de certains programmes de dépenses (suppression de la prime de Noël, suppression des Pass Culture, Sport et Colo, suppression du Fonds de développement de la vie associative, etc.) m'apparaissent justifiés au regard de la situation extrêmement préoccupante de nos finances publiques. Tel est en tout cas le fil conducteur d'une méthode que je crois optimale et que je vous propose de décliner dès le chapitre suivant.

Chapitre 3

S'attaquer à toutes les dépenses

La répartition des dépenses publiques « par fonctions » n'est disponible que depuis 1995. Le tableau suivant récapitule l'évolution de ces dépenses depuis cette date.

Dépenses par fonctions en points de PIB et en milliards (Md€), depuis 1995

	1995		2000		2005		2010		2015		2020		2023	
Fonctions	**PIB**	**Md€**	**PIB**	**Md€**	**PIB**	**Md€**	**PIB**	**Md€**	**PIB**	**Md€**	**PIB**	**Md€**	**PIB**	**Md€**
1. Retraites	12,5	153	12	178	13	230	14,3	286	15	327	16	368	14,2	400
2. Santé	9,9	121	9,5	141	10,1	179	11	220	8	175	12	276	11,9	335
3. Interventions économiques	6,1	75	4,9	73	5	89	5,5	110	6	131	7	161	6,1	172
4. Enseignement	5,9	72	5	74	5,5	97	5,8	116	5	109	5,4	124	5	141
5. Fonctions supports des administrations	4,9	60	5,2	77	5	89	5	100	4,5	98	4,8	110	3,9	110
6. Famille	2,7	33	2,5	37	2,4	43	2,5	50	2,5	55	2,4	55	2,3	65
7. Défense	2,5	31	1,9	28	2	35	2	40	1,7	37	1,9	44	1,8	51
8. Sécurité intérieure	1,5	18	1,4	21	1,5	27	1,7	34	1,6	35	1,8	41	1,7	48
9. Emploi	1,8	22	1,8	27	1,9	34	1,9	38	1,9	42	3,3	76	1,6	45
10. Loisirs et culture	1,1	13	1,2	18	1,4	25	1,6	32	1,5	33	1,4	34	1,5	40
11. Exclusion sociale	0,9	11	1	15	0,8	14	1	20	1	22	1,5	35	1,3	37
12. Logement	1,1	13	1	15	1,2	21	1,5	30	1,4	31	1,2	28	1,2	34
13. Protection de l'environnement	0,6	7	0,7	10	0,8	14	0,9	18	1	22	1	23	1	28
14. Divers	3,2	39	3,6	50	3,2	56	1,6	32	5,5	119	3,2	71	3,5	97
Total	**54,7**	**666**	**51,6**	**764**	**53,8**	**953**	**56,1**	**1126**	**56,6**	**1236**	**62,9**	**1446**	**57**	**1607**

Entre 1995 et 2023, les dépenses publiques ont augmenté de 2,6 points de PIB, le ratio passant de 54,7 à 57,3 %. L'augmentation des seules dépenses de retraite est elle-même de 1,7 point de PIB sur la période. Les dépenses de santé ont elle aussi augmenté de manière significative : + 2 points de PIB depuis 1995. Entre 2020 et 2023, les dépenses de santé ont bondi de 59 milliards. S'il y a certes eu un effet rebond post-pandémie, avec une reprise de l'activité médicale, cette dérive s'explique surtout par la hausse des rémunérations et des coûts salariaux dans le secteur hospitalier et médico-social (revalorisation du point d'indice, augmentation des indemnités de garde et d'astreinte, application des mesures du Ségur de la santé), ainsi que par l'augmentation des volumes et des coûts dans les soins ambulatoires et les transports (+ 11 % sur la seule année 2023 !). L'augmentation continuelle des dépenses courantes de santé reflète aussi le vieillissement de notre population. Sans surprise, on observe donc que la dynamique est essentiellement portée par les dépenses sociales. Les dépenses militaires ont quant à elles fortement diminué, surtout entre 1995 et 2005 (- 0,5 point de PIB), avant de se stabiliser à peu près.

Il est aussi intéressant de regarder les différences de type de dépenses avec la moyenne des pays de l'Union Européenne.

Comparaison des dépenses entre la France et l'Union européenne en 2023

Fonctions	Dépenses publiques (en Md€)		Ratio de dépense publique sur PIB		Écarts	
	France	UE	France (en %)	UE (en %)	En points de PIB	En Md€
1. Protection sociale	912	4 495	32,3	26,5	5,8	164
dont : Retraites	400	2 002	14,2	11,8	2,4	68
Santé	335	1 696	11,9	10	1,9	54
Famille	65	322	2,3	1,9	0,4	11
Chômage	45	204	1,6	1,2	0,4	11
Exclusion sociale	37	170	1,3	1	0,3	8
APL	20	51	0,7	0,3	0,4	11
2.Interventions économiques	172	984	6,1	5,8	0,3	8
dont : Transports	62	424	2,2	2,5	- 0,3	- 8
Energie	25	153	0,9	0,9	0	0
3.Enseignement	141	797	5	4,7	0,3	8
4. Fonctions supports des administrations	110	577	3,9	3,4	0,5	14
5. Défense	51	221	1,8	1,3	0,5	14
6. Intérêts de la dette	51	305	1,8	1,8	0	0
7. Sécurité intérieure et justice	48	288	1,7	1,7	0	0
8. Loisirs, culture et culte	42	204	1,5	1,2	0,3	8
9. Aides à la pierre et équipements collectifs	37	204	1,3	1,2	0,1	3
10. Protection de l'environnement	28	136	1	0,8	0,2	6
11. Recherche fondamentale	20	119	0,7	0,7	0	0
Total	**1 608**	**8 330**	**57**	**49**	**8**	**225**

Les dépenses publiques de la France représentaient 57 % du PIB en 2023 contre une moyenne de 49 % du PIB dans l'Union européenne. La différence est considérable et interroge forcément. Nos voisins européens parviennent à dépenser moins tout en étant plus heureux.

Les dépenses publiques consacrées à la protection sociale s'élevaient à 32,3 points de PIB en France contre une moyenne européenne de 26,5 points.

Les dépenses de retraite ont atteint 14,2 % du PIB en France contre une moyenne de 11,8 % dans l'Union européenne. Cette différence s'explique notamment par le fait qu'un grand nombre d'États membres ont des retraites par capitalisation basées sur des fonds de pension très importants. C'est l'écart le plus important entre les dépenses publiques en France et la moyenne de l'Union européenne. Les dépenses publiques de santé représentaient 11,9 % du PIB en France alors que la moyenne européenne était de 10 %. Les dépenses associées au chômage (y compris partiel) et à l'emploi ont atteint 1,6 % du PIB en France, à comparer avec 1,2 % en moyenne dans l'Union européenne. Les dépenses affectées aux familles et à la lutte contre l'exclusion sociale étaient, elles aussi, plus élevées en France.

En additionnant les aides personnelles au logement (APL), les aides à la pierre et les dépenses relatives aux équipements collectifs associés à l'habitat, le coût de la politique du logement s'est élevé à 2 % en France, alors que la moyenne européenne était seulement de 1,5 %.

À noter que la France dépense plus que la moyenne de l'Union européenne pour l'ensemble des onze grands postes de dépenses publiques identifiés. Les écarts mesurés dans la dernière colonne montre l'importance des gisements d'économies budgétaires possibles si la France s'alignait, pour chacun de ces grands postes, sur la moyenne de l'Union européenne. Au total, en alignant notre taux de dépense publique sur la moyenne européenne, la France dépenserait 225 milliards de moins chaque année… et n'aurait plus aucun problème financier !

1/ Le « modèle » français : vous avez dit « social » ?

La société française vit avec l'image d'Épinal d'un « modèle social », que personne ne copie d'ailleurs !, qu'elle cherche constamment à rafistoler, se refusant de voir que le contexte qui a donné à ce « modèle » sa grandeur et son efficacité est aujourd'hui révolu. Si ce « modèle social » obsède tant les esprits, c'est qu'il a réussi pendant les Trente Glorieuses pour des raisons spécifiques (en dehors même du contexte international favorable) : l'existence d'un consensus autour d'une redistribution des revenus liée à la croissance économique, la nature du progrès technique lors de l'apogée de l'industrie, la compétence et l'attitude des élites, un degré d'adaptabilité sociale ou encore une place suffisante laissée aux mécanismes de marché.

Or, si la France est confrontée à une situation particulièrement dégradée de ses finances publiques, c'est précisément à cause de ce modèle qu'elle a intériorisé sans jamais l'adapter aux nouveaux enjeux et à la nouvelle donne (financière notamment), rejetant même toute dissociation entre la rémunération du travail et le revenu que les mécanismes de redistribution assurent aux individus. Nos débats sur le temps de travail apparaissent, à plus forte raison aujourd'hui, largement ubuesques.

Si l'on en croit les différents indicateurs statistiques d'inégalité, notamment le coefficient de Gini[7], la France est l'un des

[7] Le coefficient de Gini (ou indice de Gini) est l'un des indicateurs de répartition des revenus les plus utilisés. Il s'agit d'un indicateur synthétique, calculée à partir de la somme pondérée de l'ensemble des inégalités de revenus. Plus la valeur du coefficient est proche de 1, plus la répartition des revenus est inégalitaire. Plus elle est proche de 0, plus elle est égalitaire. Un

pays les plus égalitaires au Monde, seulement devancée par les pays nordiques (Suède, Danemark, Finlande et Norvège). Mais, comparé au revenu médian, le revenu disponible des ménages « pauvres » après impôts et transferts sociaux est en France l'un des plus élevés. La prise en compte des effets redistributifs importants des dépenses d'éducation et d'assurance maladie accentue encore ce caractère égalitaire. On peut toujours souhaiter faire mieux, mais à mesure que l'on s'engage dans la réduction des inégalités, on se risque à des situations d'« aléa moral » de plus en plus destructrices. Celles-ci se traduisent tantôt par une dépendance difficilement réversible de pans entiers de la population vis-à-vis de l'État, tantôt par un changement des comportements productifs, sans besoins sociaux évidents de la part d'agents économiques cherchant davantage à bénéficier des largesses de l'État.

Ces indicateurs de répartition des revenus sont généralement interprétés comme une preuve de la réussite, si ce n'est de la supériorité du « modèle social français ». Ils permettraient, en même temps, de légitimer l'importance des dépenses sociales et le niveau élevé des impôts et cotisations sociales. De fait, l'ampleur de la redistribution dans les pays industrialisés est largement corrélée au niveau de pression fiscale. Les lieux communs concernant l'ampleur des inégalités en France continuent pourtant de fuser, et l'image erronée d'une France trop inégalitaire continue de se renforcer. Au point que la majorité des décideurs publics, autrefois préoccupés par la croissance économique, ne sont plus guère obsédés que par les modalités de redistribution d'une richesse menacée par la stagnation.

D'où vient cet important décalage entre la perception et les faits ? Du fait, essentiellement, que les indicateurs d'inégalités et de

---

coefficient de Gini égal à 0 indique ainsi une répartition des revenus parfaitement égalitaire.

redistribution ne saisissent pas le cœur du problème social français, qui tient d'abord à notre décrochage par rapport aux grandes nations industrielles et à ses effets dévastateurs multiformes, ainsi qu'à la difficulté pour chaque Français à trouver une place reconnue dans le système économique. Car, lorsqu'on se tourne vers des indicateurs plus précis, force est de constater non seulement que la performance de la France est bien moins flatteuse, mais qu'elle a de surcroît tendance à se dégrader. La France décroche et l'écart se creuse chaque année un peu plus par rapport à ses grands concurrents. Elle décroche au classement de la richesse par habitant, occupant désormais, nous l'avons vu précédemment, le 24e rang. Le taux de chômage (7,3 %) y est sensiblement plus élevé que dans la moyenne de l'OCDE (4,9 %), en raison notamment d'importantes trappes à inactivité qui nourrissent le sentiment d'insatisfaction des Français et pèsent fortement sur leur bien-être, malgré des prestations sociales généreusement distribuées. Les perspectives de mobilité sociale sont parmi les plus mauvaises : la probabilité de changer de décile au sein de la distribution des revenus est l'une des plus faibles d'Europe. Cette insuffisance de mobilité sociale alimente un fatalisme, voire un pessimisme, que les politiques « égalitaires » dites « sociales » sont incapables de résoudre[8]. Ici, la réponse réside avant tout dans l'assouplissement du marché du travail, c'est-à-dire l'abrogation de règles antiéconomiques qui, empilées les unes sur les autres, empêchent l'offre et la demande d'emploi de s'équilibrer. À ces différents indicateurs s'ajoute celui d'une dette publique en explosion (celle-ci a dépassé fin 2024 les 113 points de PIB, soit près de 16 points au-dessus de son niveau d'avant-Covid), autrement dit une situation financière extrêmement dégradée laissée en héritage à nos enfants.

---

[8] Le lecteur lira avec profit l'ouvrage de l'ancien haut fonctionnaire, Michel de Rosen, intitulé *L'Égalité, un fantasme français* (Tallandier, 2020, 288 p.).

L'ensemble des données dont nous pouvons disposer fait ressortir le mauvais rapport coût-efficacité de notre prétendu « modèle », ce dont nos partenaires mais néanmoins concurrents sont parfaitement conscients, prenant soin de ne surtout pas le copier. Il faut donc apporter à celui-ci les modifications qui s'imposent, en particulier restaurer le marché du travail et refonder notre système d'éducation et de formation. Le sursaut collectif passera non point par plus d'égalitarisme, mais par une meilleure insertion dans le monde du travail et une priorité donnée à la rémunération de l'effort.

D'une clarté aveuglante, le diagnostic est aussi dramatique : désormais, notre sacro-saint « modèle social » nous appauvrit tous. L'hyper-redistribution fiscalo-sociale détruit les incitations productives aux deux bords de la distribution des revenus. D'un côté, les bénéficiaires nets de transferts sont désincités à augmenter leur effort productif par peur (légitime) de perdre le bénéfice d'aides versées le plus souvent sous conditions de ressources ; de l'autre, les travailleurs qualifiés les plus productifs sont punis par des taux marginaux d'imposition délirants, et par conséquent découragés à accroître (et parfois même maintenir) leur productivité. En bas de l'échelle, des comportements (parfaitement rationnels !) de resquilleurs ; en haut de l'échelle, des comportements d'évitement. Mais un même résultat : un appauvrissement général ! Nous refusons d'admettre, d'une part que le travail a un prix qui dépend de la prestation fournie, d'autre part que des revenus nets différenciés sont psychologiquement nécessaires à l'accroissement de la productivité et de la richesse collective.

Notre démographie a connu une chute marquée du taux de fécondité. Quand le taux s'établit à 1,6, nettement en dessous du taux de renouvellement de 2,1, il est certain qu'un ressort du dynamisme de la société est cassé. Cette mutation se produisant dans un cadre où le financement des retraites et des soins médicaux au grand âge repose presque exclusivement sur les générations actives, ses effets néfastes sont colossaux. Le fardeau que les générations anciennes (les fameux « boomers ») font reposer sur les épaules des plus jeunes n'est plus tenable, sauf à vouloir un nouveau conflit de générations ou une « lutte des âges ». L'affectation des dépenses sociales défavorise les jeunes. Le nombre de personnes âgées augmentant et le nombre d'enfants diminuant, la part des retraites et des dépenses de santé, qui profitent en premier lieu aux retraités, croît inexorablement. Le seul poste de dépenses sociales réservé aux jeunes et qui augmente fortement correspond aux dépenses de chômage et au revenu de solidarité active (RSA). Les choses ne pourront qu'empirer si rien n'est fait. Cette tendance est d'autant plus difficile à inverser politiquement que la population vieillit. Or, à mesure que le rapport de forces électorales se modifie entre les générations, il devient plus douloureux de renoncer aux avantages acquis, de repousser l'âge de la retraite, de limiter les dépenses de santé et de fluidifier le marché du travail...

Après 1945, on trouvait un emploi stable, point d'entrée vers une carrière offrant un revenu progressant avec l'âge. Un seul salaire de travailleur qualifié suffisait à faire vivre une famille, le deuxième revenu faisant souvent office de revenu d'appoint. Des générations successives ont pu acheter leurs logements sans ou avec un faible capital de départ. Le niveau de vie s'améliorait de génération en génération. Le poids des cotisations sociales demeurait faible. On héritait encore jeune. Pour les générations nées à partir des années 1990, tout s'est inversé. Leurs salaires relatifs diminuent par rapport à ceux de leurs aînés. Le problème est amplifié par un SMIC élevé[9], qui protège ceux qui ont déjà un

---

[9] Parmi les 27 États membres de l'Union européenne, 22 disposent d'une législation nationale instaurant un salaire minimum, à l'image du SMIC en

emploi en même temps qu'il en exclut l'accès aux jeunes, surtout les moins qualifiés. Le prix des logements est élevé et les grands appartements occupés par les personnes âgées, obérant nombre de projets familiaux chez les personnes plus jeunes. Les « frais de notaire » dépassent les plus-values immobilières éventuelles, ce qui empêche la constitution d'un patrimoine avec un faible capital de départ. La pression fiscale et la pression sociale grignotent le pouvoir d'achat des actifs années après années. Désormais, on hérite à l'âge de la retraite. Le revenu des jeunes couples ayant des enfants devient moins élevé que celui d'un couple de retraités avec deux pensions, tirant un revenu additionnel de son patrimoine. Certes, les solidarités familiales ressurgissent (les parents financent les études de leurs enfants, les hébergent en cas de chômage, gardent leurs enfants le cas échéant, ou les aident à acheter un logement), mais avec elles ressurgit l'inégalité des chances, les familles riches disposant alors de plus de moyens que les familles pauvres...

Longtemps retardés, des ajustements s'imposent aujourd'hui : report de l'âge légal de départ à la retraite ; modération de l'évolution des pensions de retraite par rapport à l'inflation ; introduction d'une dose de capitalisation et de fonds de pension ; sélection de l'immigration selon le niveau de qualifications ; suppression de certaines couches de rigidité en matière d'allocations chômage, de salaire minimal ou de temps de travail ; etc.

L'État est promis à une restructuration à grande échelle : il est aujourd'hui le plus dépensier des grands pays industriels, alors que certaines missions régaliennes de base sont défaillantes. La

France. Avec un SMIC mensuel brut légèrement supérieur à 1 800 euros en 2025, la France se situe au 6e rang des pays de l'UE prévoyant le salaire minimum le plus élevé.

dépense publique, à 57 points de PIB, dépasse de 14 points de PIB la moyenne des pays de l'OCDE. Dans la mesure où une part considérable de l'écart de dépense publique ne correspond pas à un supplément satisfaisant de services publics, il est possible de réduire fortement les dépenses publiques. Il ne s'agira pas de braquer les fonctionnaires. On ne peut envisager leur coopération que si l'on montre que ceux qui vont mener les réformes ont l'assurance d'une dignité retrouvée dans un État à nouveau efficace. Une refondation des transferts entre générations est indispensable pour bâtir un système social viable et équitable, qui suscite l'adhésion et la confiance du plus grand nombre. La situation de crise des finances publiques doit aider à réaliser des réformes structurelles profondes qui n'ont pu l'être de manière étalée dans le temps, comme cela aurait été souhaitable depuis des décennies. Plusieurs fois dans son histoire, la France a préféré laisser les problèmes s'accumuler au lieu de les traiter de manière graduée, rendant inévitables les ruptures brutales. Rien n'interdit néanmoins de se positionner, comme je le fais dans ce livre, pour tirer le meilleur parti des crises afin de préparer la reconstruction qui s'imposera tôt ou tard.

2/ L'insoutenable poids des retraites

Les retraites sont le problème numéro un de nos finances publiques, même si peu de Français en ont conscience. C'est logique, car la plupart de nos responsables politiques l'ignorent aussi, ou font mine de l'ignorer, souvent pour des raisons électorales, les retraités étant les plus nombreux à voter…

Pourtant, pour redresser nos comptes publics, nous devons absolument nous intéresser aux retraites. Celles-ci, notamment les retraites publiques, représentent en effet un quart du total des dépenses et surtout la moitié du déficit annuel et la moitié de notre dette !

Peut-on continuer à avoir le régime de retraites le plus généreux du monde (départ en retraite le plus tôt, minimum vieillesse parmi les plus importants, niveau de vie des retraités plus élevé que celui des actifs) en étant le 25e pays au monde pour la richesse par habitant ? Nous y sommes parvenus jusqu'à présent au prix d'un endettement colossal. Veut-on continuer comme cela ?

La générosité du système de retraites français, basé quasi-exclusivement sur la répartition, n'est pas souvent mise en avant. Pourtant, comparé aux autres pays, il est clairement avantageux et pas uniquement sur l'âge légal de départ :

	Taux de remplacement *	Revenu par tête **	Espérance de vie à la retraite
France	72 %	104 %	23 ans
Allemagne	55 %	90 %	19 ans
Grande-Bretagne	54 %	91 %	21 ans
OCDE	61 %	93 %	18 ans

*en % du dernier salaire

** en % du revenu de la population active

Source : *Pensions at a Glance 2023*, OCDE (Organisation de Coopération et de Développement Économique qui réunit 38 pays dits « développés »)

Retraites : comparaison avec l'Allemagne, la Grande-Bretagne et l'OCDE

Les retraités actuels touchent donc en moyenne 72 % de leur dernier salaire, alors que les actifs actuels, plus jeunes forcément, devront se contenter d'à peine plus de 50 % lorsqu'ils arriveront à l'âge de la retraite, malgré l'allongement de leur durée de cotisation. Est-ce juste ?

La France compte 42 régimes de retraite. Ils couvrent les salariés du public, du privé, les fonctionnaires, les non-salariés, sans oublier les régimes spéciaux. Les régimes de retraite des agents publics sont répartis en quatre statuts : les titulaires de la fonction publique de l'État, les fonctionnaires hospitaliers et territoriaux, les ouvriers d'État, et les contractuels affiliés au régime général. Pour les titulaires et les fonctionnaires, deux régimes de retraite provisionnée sont gérés par capitalisation : la RAFP (obligatoire) et la Préfon (volontaire).

Cela fait des années que le sujet des retraites occupe une grande place dans le débat public sans que personne n'ait vraiment le courage de s'y attaquer sérieusement. C'est pourtant l'une des clefs pour résoudre le problème de nos finances publiques et assurer l'équité entre générations. Le constat et l'évaluation du problème suscitent des controverses à n'en plus finir. Essayons d'y voir clair et de définir des pistes d'action à court, moyen et long terme permettant de régler enfin ce problème, espérons-le durablement.

Notre système de retraite par répartition est fondé sur le principe de solidarité : « on cotise non pour soi-même mais pour les retraités actuels ». Il souffre de la dégradation continue du ratio cotisants/retraités. Lorsque ce ratio était de 4 cotisants pour 1 retraité après-guerre, pendant les Trente Glorieuses, il ne posait aucun problème, permettant au contraire d'assurer le bon fonctionnement du système. Aujourd'hui, il s'est fortement réduit, passant à 2,02 en 2005 et à 1,74 en 2024. Cela devient très problématique. Le système par répartition, à la base des retraites « à la française », ne peut plus s'équilibrer et les mesures pour y parvenir sont forcément impopulaires. Dans l'absolu, il faudrait augmenter le nombre de cotisants tout en réduisant le nombre de pensions versées, afin de limiter la charge du paiement des pensions sur le revenu des actifs. Cela passerait par une hausse du taux d'activité.

Selon la Banque de France, le taux d'emploi des seniors a progressé de 21 points depuis 2003, atteignant 60,9 %. Mais il reste très inférieur à celui de l'Allemagne (75,5 %). Cette différence est principalement due à la population active de plus de 60 ans, qui a tendance à partir à la retraite plus tôt que nos homologues allemands : en 2023, l'âge moyen effectif de départ à la retraite était de 62,4 ans en France, contre 64,4 ans en Allemagne. La réforme des retraites de 2023 devait permettre de rattraper une partie de ce retard. En 2023, nos dépenses de retraite étaient supérieures de 2,7 points de PIB (soit près de 90 milliards) à la moyenne de la zone euro.

Même si les projections du Conseil d'orientation des retraites (COR) de juin 2025 font apparaître un léger déficit de 1,7 milliard en 2024, après des « excédents » légers et passagers entre 2021 et 2023, tout le monde s'accorde à reconnaître que notre système de retraites cumule les déficits et transmet ainsi une lourde « ardoise » aux générations futures.

Ce constat global recouvre des situations proches de l'équilibre voire excédentaires pour l'Agirc-Arrco et certains régimes d'indépendants, et des déficits qui se creusent pour la fonction publique dans son ensemble et le régime général. Les baisses de niveau relatif des pensions qu'on y prévoit ne suffisent pas à compenser la dégradation du ratio actifs cotisants/retraités.

2.1 Quel est le vrai déficit ?

Est-ce celui de la Cour des comptes aligné, dans un « politiquement correct » surprenant, sur celui du COR ?

Chaque année, le COR, organisme dominé par les représentants syndicaux, semble minimiser le problème avec des hypothèses toujours plutôt optimistes. Pour lui, les retraites sont quasiment à l'équilibre, mais la dégradation en cours devrait prendre de l'ampleur dans les prochaines années.

La Cour des comptes, sollicitée par le Premier ministre, a chiffré le déficit autour de 7 milliards par an jusqu'en 2030, à condition de maintenir la réforme de 2023. Ce déficit devrait nettement se dégrader par la suite, passant à 15 milliards en 2035 et à 30 milliards en 2045. Cette situation n'est pas supportable, ni au regard de nos finances publiques, ni au regard de l'équité intergénérationnelle.

« Soyons lucides, nous avons quand même une dégradation financière du système de retraites, dans son ensemble, nette, rapide, croissante », a même insisté le premier président de la Cour des comptes, Pierre Moscovici, évoquant des « chiffres préoccupants ». Ce qui ne l'empêche pas d'affirmer, pour les retraites du public, qu'« il n'y a pas de déficit caché ». Bref, circulez, il n'y a rien à voir…

La partie consacrée au régime des fonctionnaires d'État tend à présenter ce régime comme non comparable aux autres, alimentant l'idée que, si des réformes doivent être entreprises, c'est d'abord pour équilibrer le régime général en déficit de 15 milliards en 2035 et de 30 milliards en 2045, le régime des fonctionnaires restant « par construction »[10] à l'équilibre… Comprenne qui pourra !

Le taux des cotisations salariales des fonctionnaires est très proche de celui du régime général. Les cotisations patronales versées par les différents employeurs publics font, quant à elles, l'objet de taux distincts, fixés par décret. Ces taux ont fortement progressé de 2006 à 2014 puis sont restés stables de 2014 à 2024. Le taux de cotisation employeurs pour les militaires est de 126 % depuis 2013 et celui pour les fonctionnaires civils de 78,28 % depuis le 1er janvier 2025, soit un taux moyen de 98 %.

La Cour des comptes nous dit dans sa communication au Premier ministre de février 2025 sur la situation financière et les perspectives du système de retraites : « Ceci n'est pas un déficit. » Selon elle, c'est tout simplement « un besoin élevé de financement qui implique une diversification des ressources au-delà des cotisations sociales »[11]. Une fois ces dizaines de milliards de surcotisations, de subventions et de transferts divers pris en compte, le régime des retraites affichait effectivement un excédent comptable de 8,5 milliards en 2023. Et voilà, le tour est joué ! Un miracle comptable.

---

[10] La Cour des comptes décrit comme suit le régime des pensions civiles et militaires de retraite : « géré par le service des retraites de l'État, il est l'équivalent d'un régime de base et d'un régime complémentaire. En 2023, le régime a versé 59,5 Md€ de pensions de retraite. Il est financé à hauteur de 25 % par les cotisations sociales des agents et de 75 % par la contribution de l'État (45,1 Md€). Le régime est donc équilibré par construction grâce à la contribution de l'État, dont le montant permet de garantir un solde nul. Cette contribution constitue à la fois la cotisation employeur de l'État, la prise en charge de dépenses de solidarité et un éventuel financement d'équilibre. »

[11] Cour des comptes, *Situation financière et perspectives du système de retraites*, février 2025, p. 19.

Ou est-ce celui d'experts indépendants ?

Plusieurs voix affirment le contraire. On devrait davantage y prêter attention. Parmi elles, celle de Jean-Pascal Beaufret, inspecteur des finances honoraire, qui dans un article extrêmement bien documenté à la revue *Commentaires* fait la lumière sur la situation financière de nos retraites.

Celles-ci sont en fait responsables de la moitié de nos déficits et de notre dette. Les pensions de retraite (389 milliards) représentent un quart de toutes nos dépenses publiques. 80 % sont financées par des cotisations et des impôts, 20% restant à la charge de l'État et des institutions publiques. Soit 75 milliards en 2023 que l'on peut donc assimiler à du déficit public.

Pourquoi n'est-ce pas évident pour tout le monde ? Parce que la présentation des comptes publics, de l'État et de la Sécurité sociale, ne permet pas de faire ressortir de façon transparente et claire le solde des comptes retraites. Pourtant, comme ceux des entreprises, les comptes publics devraient être le reflet de la réalité économique. C'est loin d'être le cas.

Sans modifier la loi, il serait possible d'assurer la transparence sur le coût des régimes de retraite. Il suffirait de scinder la contribution d'équilibre de l'État entre cotisation au taux légal (28 %) et sur-cotisation (écart entre 28 % et 98 %, taux réel supporté par l'État). Il faudrait également réimputer à la branche vieillesse de la Sécurité Sociale (et non à l'État) le déficit réel des retraites, c'est-à-dire la différence entre les pensions versées et les cotisations au taux légal. Ainsi, pour correspondre à la réalité, le déficit de la Sécurité sociale serait sensiblement augmenté alors que celui de l'État serait diminué.

On pourrait (on devrait !) même aller plus loin en regroupant toutes les dépenses et recettes liées aux retraites dans la branche vieillesse de la Sécurité sociale. Ce serait plus clair pour tout le monde.

Pour le COR, la dégradation du ratio démographique du régime de la fonction publique (fin 2023, il comptait 1,98 million de cotisants et 2,53 millions de pensionnés, soit un ratio actifs/retraités de 0,78) tient aux nombreux départs anticipés qui augmentent la population à la retraite rapportée à la population en activité (carrières longues, invalidité, catégorie active, etc.)[12].

Le surcoût que supporte l'État à ce titre peut être estimé entre 7 et 8 milliards par an, soit 20 % du besoin de financement du régime. Il est loin d'avoir été compensé par la soulte reçue de France Telecom SA de 5,7 milliards en 1997 ou par les produits ultérieurs de la mise en bourse.

L'économie liée à la diminution du nombre de fonctionnaires actifs des PTT n'a pas été réalisée par l'État mais par La Poste et France Telecom-Orange, sortis du périmètre des administrations publiques, ainsi que par le régime général (cotisations perçues sur les personnels de statut privé, ayant remplacé en nombre plus limité les fonctionnaires anciens).

Si donc l'on se réfère honnêtement à la réalité historique, le besoin de financement des pensions civiles et militaires de l'État ne vient pas de la baisse des effectifs de l'État - et très peu de la modération de l'évolution des traitements. Ce besoin de financement vient en partie de la réforme des entreprises La Poste et Orange, dont les personnels, en nombre réduit, ont changé de statut. Pour le reste, il doit être analysé en détail et objectivement, ce que les rapports du COR ne font jamais.

L'analyse de Jean-Pascal Beaufret est corroborée par l'Institut économique Molinari, lequel a publié une étude chiffrant

---

[12] En revanche, le COR ne dit pas que le ratio démographique du régime s'est détérioré en trente ans presque exclusivement sous l'effet de la réduction de 400 000 cotisants actifs de France Telecom et de La Poste, fonctionnaires ayant renoncé à ce statut ou partis en retraite, et de l'arrivée de 320 000 retraités en provenance des administrations des PTT, transformées en sociétés puis mise en bourse dans le cas d'Orange.

les déficits des retraites françaises tenant compte des déséquilibres des retraites du secteur public occultés par le COR depuis 2002[13]. Construite à partir de données officielles, cette étude quantifie les déséquilibres des retraites des fonctionnaires, qui expliquent en grande partie nos déficits. La conclusion est claire et sans appel : le COR a occulté 56 milliards de déficit des retraites en 2023 et 943 milliards depuis 2002.

Le COR n'a jamais pris en compte les déséquilibres des régimes subventionnés par l'État, alors qu'ils expliquent une part très significative du déficit public depuis un demi-siècle. Il considère qu'au sein du secteur public, seule la Caisse nationale des agents des collectivités locales (CNRACL), n'étant pas subventionné par l'État, peut donner lieu à des déficits. Ce n'est pas fidèle à la réalité puisque les régimes spéciaux publics bénéficient de subventions d'équilibre massives.

Les retraites des anciens fonctionnaires d'État ont coûté trois fois plus cher que celles des salariés du privé sur la période 2002-2023. Les cotisations retraite représentaient en moyenne 78 % des traitements bruts des fonctionnaires d'État contre 28 % des salaires dans le privé de 2002 à 2023.

Le COR ne tient pas compte dans son calcul de déficit :

- Des subventions dont bénéficient les régimes spéciaux du secteur public (SNCF, ouvriers d'État, RATP, etc.) et dont les montants figurent dans de multiples sources officielles ;
- Ni du caractère dérogatoire des taux de cotisation retraite en vigueur dans le secteur public. Pourtant, les cotisations retraite y sont beaucoup plus élevées que dans le privé (28 % du salaire brut) : elles représentent 42 % dans la fonction publique territoriale, 85 % des traitements

[13] Voir Institut économique Molinari (N. Marques), *Rettraites, mécomptes et déficits publics. Quand un baromètre officiel sous-évalué nuit au débat public depuis plus de 20 ans*, 3e édition, juin 2024, 49 p.

indiciaires bruts des fonctionnaires civils de l'État et 126 % pour les militaires.

Au bout du compte, le coût du déficit des retraites publiques est de 56,5 milliards avec un nombre de retraités évalué à 4 millions, soit un coût par retraité du public de l'ordre de 14 125 euros par an. En comparaison, le coût du déficit des retraites privées peut être évalué à 16 milliards avec un nombre de retraités évalué à 13 millions, soit un coût par retraité du privé de 1 230 euros. Un retraité du public pèse ainsi douze fois plus sur les finances publiques qu'un retraité du privé.

Comme le dit Nicolas Marques, directeur général de l'Institut Molinari : « Mesurer les déficits des retraites sans prendre en compte les déficits liés aux retraites des fonctionnaires n'a aucun sens. Nous ne sommes pas dans un pays qui équilibre ses comptes publics et c'est notamment parce que l'État a été imprévoyant en matière de retraites que ses comptes sont déséquilibrés depuis la fin du baby-boom ». Et il ajoute : « Le problème dans le rapport du COR n'est pas le manque de réalisme des projections futures – élément que son nouveau président Gilbert Cette cherche à améliorer – mais la mesure du déficit des retraites pour l'année écoulée ».

Résumons : notre problème est-il le déficit de 7 milliards du système de retraite privé à l'horizon 2030 souligné par le COR et la Cour des Comptes, sachant que « par construction » le système de retraite public serait à l'équilibre puisque l'État assume tout sans le dire et sans le montrer ? Ou bien est-ce dès maintenant et chaque année les 70 milliards de déficit dont une grande partie provient des retraites publiques, dont les avantages doivent être couverts par des sommes considérables versées par l'État ? Poser la question, c'est déjà y répondre...

2.2 La réforme de 2023 est-elle suffisante ?

La modeste réforme de 2023 est un pas dans la bonne direction. Elle n'a malheureusement pas réglé la moitié du problème. C'est clairement insuffisant. Les populistes et démagogues veulent la supprimer. C'est irresponsable et immoral vis-à-vis des nouvelles générations.

Nous avons vu que la Cour des comptes estimait que le déficit du système des retraites (hors pensions publiques) s'élèverait à 7 milliards en 2030, à 15 milliards en 2035 et à plus de 30 milliards en 2045.

La réforme 2023 prévoit un report de l'âge légal de départ à la retraite à 64 ans pour les générations à partir de 1974. Pour celles nées avant 1974, elles auraient un mois de plus par an à partir de 2023.

Des mesures dites « d'accompagnement » ont aussi été adoptées : revalorisations des petites pensions, maintien de l'âge légal à 62 ans pour les personnes invalides ou inaptes.

La réforme prévoit également la mise en extinction de cinq régimes spéciaux (RATP, industries électriques et gazières, Banque de France, clercs de notaire, CESE) pour les nouveaux entrants (clause dite du « grand-père »). Pour les affiliés actuels de ces régimes, l'âge obligatoire de départ augmente de deux ans (passant de 57 à 59 ans ou de 52 à 54 ans). La plupart partant déjà entre 59 et 62 ans (ou entre 54 et 57 ans), ils sont en fait peu concernés.

Enfin, la réforme élargit les dispositifs carrières longues : ceux qui ont commencé à travailler entre 18 et 20 ans pourront partir entre 60 et 63 ans. Cet élargissement va contribuer à accroître la part des assurés, déjà élevée (30 %), pouvant partir avant l'âge légal. Pour améliorer l'emploi des seniors, les dispositifs de retraite progressive sont assouplis dans le privé et le public.

Selon certains calculs (difficiles à obtenir malheureusement et je dirais « une fois de plus »), la réforme de 2023 permettrait une amélioration du solde de 6 milliards en 2030 (sur 7 milliards de déficit envisagé), de 6 milliards à nouveau en 2035 (représentant 41 % du solde envisagé) et enfin de 4 milliards en 2045 (ne représentant que 12,5 % du déficit envisagé).

Cela est permis par le décalage du début de versement des pensions des futurs retraités (report progressif de l'âge d'ouverture des droits de 62 à 64 ans) et l'accélération de l'allongement à 43 ans de la durée de cotisation prévu par la réforme Touraine de 2014. Elle génère donc une baisse des dépenses de retraites, mais celle-ci est très atténuée par les mesures au titre des départs anticipés (en priorité carrières longues, invalidité et inaptitude), de solidarité en faveur des retraités modestes et d'accompagnement vers l'emploi des seniors. Compte tenu de la hausse des dépenses sociales par ailleurs pour les seniors sans emploi ni retraite, l'effet global de la réforme sur les dépenses publiques est limité.

Le principal effet positif attendu de la réforme est la hausse de la richesse économique (+ 1,1 point en 2030) et de l'emploi (+ 300 000 en 2030), qui conduisent à des recettes supplémentaires liées aux prélèvements sur le travail et sur l'activité.

Au total, la réforme adoptée permettrait certes d'améliorer un peu le solde financier du système de retraites, mais le déficit demeurerait après 2030 sous des hypothèses de croissance de la productivité de 1 % et de taux chômage de 7 %.

Supprimer la réforme de 2023 permettrait de revenir sur l'âge légal de départ de 64 ans. Cela entraînerait un coût supplémentaire de 10 milliards en 2030. Avis donc aux amateurs – ils sont nombreux – qui poussent leurs feux avec des promesses toutes plus démagogiques les unes que les autres. Malheureusement, la réalité est toute autre : une autre réforme est d'ores et déjà nécessaire. Il en va de la survie du système.

z

2.3 Que peut-on ou doit-on faire ?

Proscrire toute nouvelle hausse des cotisations, qu'elles soient patronales ou salariales

Certains souhaiteraient une nouvelle hausse des cotisations patronales, qui sont pourtant déjà les plus élevées d'Europe. Cela pèserait fortement sur le coût du travail et créerait donc du chômage. De l'autre côté, une augmentation des cotisations salariales diminuerait encore le salaire net, déjà peu élevé en France comparativement à nos voisins.

En fait, l'idéal serait d'aller le plus rapidement possible vers un régime de retraite universel préconisé notamment par la Confédération française des retraités (CFR) « permettant de prendre en compte la réalité des carrières individuelles et à chacun de prendre la décision adaptée à sa situation. Chacun a eu un parcours de vie différent, a eu une durée et un niveau de cotisations différents. Chacun doit pouvoir prendre la décision qui lui convient le mieux. C'est ce que permettrait un système de retraite à points fonctionnant selon des modalités similaires à celles de l'Agirc-Arrco. Un système de retraite universel qui viendrait se substituer aux 42 régimes existants pourrait en être le socle. »

À court terme, mettre fin à tous les régimes spéciaux non provisionnés sans compenser cette suppression par des avantages qui couteraient plus cher

Pour aller vers ce régime universel, il faut commencer par supprimer tous les régimes spéciaux. Pour que cette mesure puisse être acceptable, sans doute faut-il la réserver aux nouveaux entrants pour en préserver les salariés actuels (clause dite du « grand-père »). Et, parallèlement, il conviendrait d'éviter toute disposition de compensation venant amoindrir l'effet de la réforme. Car, comme le dit Nicolas Marques (Institut Molinari), les réformes des régimes spéciaux ont souvent été très limitées et en trompe-l'œil : « Les réformes passées ne produiront leurs effets que très progressivement. En revanche, les nombreuses mesures dites d'accompagnement destinées à garantir l'acceptabilité sociale des réformes se sont traduites par des surcoûts immédiats et pérennes pour les entreprises et pour les régimes, c'est-à-dire pour la sphère publique. »

À court terme aussi, envisager de travailler plus… 1 ou 2h de plus par semaine n'est ni irréaliste, ni hors d'atteinte

Sauf à sacrifier les générations futures en leur léguant une dette qui leur ôterait toute perspective, les Français n'échapperont pas à l'obligation de travailler plus longtemps, sous une forme ou sous une autre. C'est ce que l'on observe partout ailleurs, par quel miracle ferait-on exception ? Les Français travaillent moins que les autres. L'argent dégagé (car ces heures seraient bien sûr payées) permettrait notamment de financer la mise en place d'une dose de capitalisation (voir *infra*).

À court terme encore, et peut-être surtout, donner la main aux partenaires sociaux. Ce qu'ils ont réussi à faire pour l'Agirc-Arrco, ils peuvent le faire pour l'ensemble du système

Les décisions politiques en matière de retraites sont très difficiles à prendre. Tous les responsables depuis de nombreuses années ont tous eu la même peur : « Vous allez mettre les gens dans la rue ! ». Alors, soit il y a un courageux qui y va, et qui y va franchement (car quitte à « mourir » autant que ce soit pour quelque chose...), soit on rend le sujet moins politique et si possible plus objectif en le confiant aux partenaires sociaux.

Ce sont les partenaires sociaux, organisations syndicales et patronales, qui dirigent l'Agirc-Arrco. La bonne santé financière de cet organisme, qui gère pas moins de 3 500 milliards de droits futurs pour 59 millions d'assurés, salariés ou retraités du privé, leur permet de mettre en avant une gestion responsable.

Au cours des dix dernières années, l'Agirc-Arrco a mis en œuvre des réformes structurelles permettant d'assurer la pérennité du régime, tout en adaptant de façon souple et finalement assez consensuelle les pensions aux réalités économiques.

À titre d’exemple, en 2015, face à des déficits croissants, les partenaires sociaux ont décidé : de limiter la revalorisation des pensions entre 2016 et 2018 ; d’augmenter le prix d’achat du point de retraite ; de créer un coefficient de solidarité (minoration temporaire de 10 % de la pension) pour inciter à prolonger l’activité. En 2023, les partenaires sociaux ont convenu que l’évolution des pensions serait égale à l’inflation moins 0,4 point, avec une clause de sauvegarde en cas d’inflation faible. Ces décisions, perçues comme plus techniques que politiques, n’ont pas suscité de réaction importante ni de mouvement de foule.

Ainsi, les partenaires sociaux seraient sans doute les mieux placés pour lier, dans le futur, le nombre d'années de cotisations pour obtenir une pension complète à l'augmentation de l'espérance de vie en bonne santé. Ces quinze dernières années, l'espérance de vie à 65 ans sans incapacité a progressé de près de deux ans. Il serait juste d’en tenir compte. Cela permettrait d’augmenter le taux d'emploi des seniors tout en contribuant au financement de nos régimes de retraite.

De façon plus anecdotique, une mesure de bon sens serait de supprimer les cinq trimestres discontinus avant l’âge de 20 ans pour bénéficier d’une carrière longue. En effet, les jeunes qui travaillent l’été pour s’assurer des vacances plus agréables ou pour d’autres motifs ne devraient plus pouvoir être considérés comme ayant eu une carrière longue.

Enfin, donner la main aux partenaires sociaux permettrait sans doute de s’inspirer plus librement des exemples des pays voisins et amis qui sont beaucoup plus pragmatiques que nous. Ainsi, le Danemark ou la Suède, parmi d'autres, constituent de bons exemples : leur système de retraite s'ajuste facilement aux évolutions démographiques et économiques de manière graduelle, transparente et flexible.

En Europe, beaucoup de pays ont des âges de départ à la retraite fixés bien au-delà des 64 ans comme le montre le tableau suivant :

Âge légal de départ à la retraite dans différents pays de l'Union européenne

Allemagne	**67 ans** (âge normal de départ à la retraite) pour les personnes nées à partir de 1964.
Belgique	L'âge légal de la retraite pour les hommes et les femmes est de : * 65 ans si départ à la retraite avant le 1er février 2025. * 66 ans si départ à la retraite entre le 1er février 2025 et le 31 janvier 2030. *** 67 ans si départ à la retraite à partir du 1er février 2030.**
Danemark	Premier pilier : L'âge permettant de percevoir une pension est augmenté de manière progressive pour atteindre **69 ans en 2035**. Depuis le 1er janvier 2024, l'âge légal de départ à la retraite est de 67 ans. Pension complémentaire : 67 ans.
Espagne	* **65 ans** (avec au moins 38 années de cotisations). * 66 ans et 6 mois (avec moins de 38 années de cotisations).
Irlande	Pension nationale contributive (*State Pension (Contributory)*) : **66 ans.**
Italie	L'âge légal normal de la retraite est fixé à **67 ans**. Les personnes assurées pour la première fois après le 1er janvier 1996 peuvent prendre leur retraite à l'âge de 71 ans et 3 mois.
Pays-Bas	L'âge légal de départ à la retraite **en 2024 est de 67 ans.** À partir de 2025, l'âge légal de la retraite sera lié à l'espérance de vie restante et sera augmenté de 3 mois pour chaque période de 4,5 mois d'allongement de l'espérance de vie.
Portugal	**66 ans et 4 mois pour les hommes et les femmes en 2024** (après 2014, l'âge normal d'accès à la pension varie selon l'espérance moyenne de vie à l'âge de 65 ans).
Suède	Retraite flexible à partir de l'âge de **63 ans** pour les pensions liées aux revenus. À partir de 2026, l'âge de la retraite sera lié à un âge recommandé de retraite, calculé chaque année sur la base de l'espérance de vie. **L'âge recommandé de la retraite est de 67 ans,** applicable pour 2026-2029.

L'impact financier du report de l'âge légal de départ à la retraite n'est pas, tant s'en faut, négligeable. Plus l'âge augmente, plus l'impact favorable sur les comptes retraites est important.

Des simulations publiées récemment dans le journal *Le Monde* ont montré qu'avec un report de l'âge à 65 ans, voire 66 ans, les « déficits officiels » seraient décalés au-delà de 2045 contre un déficit actuellement prévu de 7 milliards en 2025 et de 14 milliards en 2035.

Ces simulations conduisent à des économies croissantes, indique le quotidien (sans en citer le montant), mais qui sont contrebalancées à long terme par une augmentation des droits à pensions : en effet, les salariés auraient alors cumulé plus de points et d'annuités, avec un salaire moyen sur la carrière globalement tiré vers le haut.

À moyen/long terme, sur le modèle des fonctionnaires, instaurer une capitalisation obligatoire pour tous qui accompagnera la retraite par répartition, celle-ci demeurant (et de loin) la principale

Quand se posera-t-on sérieusement la question de la pertinence d'une part de capitalisation dans nos retraites ? Fin septembre 2024, la barre des onze millions de plans d'épargne retraite (PER) a été franchie pour un encours de 113,8 milliards (+ 5 milliards en un an). Tout sauf un hasard.

L'idée d'obliger les travailleurs à épargner pour compléter leur pension est un cheval de bataille de plusieurs organisations dont la CPME. La confédération patronale représentant les petites et moyennes entreprises (PME) estime que le système actuel de répartition, voyant les actifs d'aujourd'hui cotiser pour les retraités d'aujourd'hui, se heurte à la baisse de la natalité. Résultat : les jeunes générations ne croient plus, non sans raison, qu'elles toucheront une retraite suffisante.

Pour « raccrocher » ces dernières et susciter leur adhésion au système, la CPME préconise de rajouter un « étage » de retraite par capitalisation qui serait financé par l'augmentation du temps de travail, alors porté à 36 heures hebdomadaires. « Ce n'est pas à coût nul pour les entreprises », a précisé le négociateur de l'organisation, Éric Chevée. Les employeurs devraient en effet verser des cotisations au titre de cette heure hebdomadaire de travail supplémentaire pour abonder la retraite par capitalisation.

Cécile Philippe, directrice générale de l'Institut économique Molinari, en est convaincue : « La capitalisation collective est une opportunité pour le pouvoir d'achat mais aussi pour le développement de nos économies car plus d'épargne longue c'est plus d'innovation et d'emploi. Ce n'est pas un hasard si l'Europe est à la traîne du reste du monde en termes d'innovation et de croissance[14]. »

Avancée par les pourfendeurs de la capitalisation, l'idée que les chocs boursiers ruinent l'épargne retraite n'est pas corroborée par les faits depuis l'après-guerre. Les plans d'épargne retraite sont assortis de mécanismes de gestion pilotée qui désensibilisent l'épargne à l'approche de la retraite. Les fonds de pension (ERAFP des fonctionnaires, CAVP des pharmaciens) opèrent sur des horizons longs d'un demi-siècle lorsqu'on tient compte des phases de cotisation puis de retraite. Sur de tels horizons, seul le rendement à long terme compte.

Répartition et capitalisation sont complémentaires d'un point de vue économique. Le « tout répartition » conduit à une forte dépendance à une variable exogène, la croissance économique, et à son corollaire, la masse salariale. Le « tout capitalisation » expose à des fluctuations de la valeur des actifs, liées à la volatilité des marchés financiers. Le mix des deux permet d'actionner des leviers différents, assure une meilleure stabilité du système global, et sans doute également sa pérennité.

Seule une généralisation de la capitalisation collective permettra d'accroître la résilience du système de retraite en diversifiant les risques tout en nous permettant de combler le

---

[14] Institut économique Molinari (C. Philippe), *60 milliards d'économies par an en provisionnant les retraites des fonctionnaires de l'État, c'est possible*, 16 janvier 2025 [en ligne].

manque de capital en Europe dont nous avons justement besoin pour faire face aux chocs géopolitiques actuels et futurs.

À long terme, relancer la constitution d'un Fonds de réserve pour les retraites

Lionel Jospin, alors Premier ministre, a décidé en 2000 de créer un Fonds de réserve pour les retraites (FRR). Malheureusement, le rythme de constitution de ce fonds imaginé au moment de sa création n'a pas été suivi. L'Institut Molinari a reconstitué l'historique sur vingt ans et chiffrer le manque à gagner lié à l'absence de montée en puissance du FRR entre 30 et 63 milliards en fonction des hypothèses. Ce dernier chiffre est le manque à gagner de création de richesses si l'horizon de gestion du fonds n'avait pas été raccourci en 2010 (ce qui a nui à sa performance). Ces chiffres sont en ligne avec la création de valeur anticipée par Lionel Jospin en 2000 : il tablait sur 50 milliards à horizon 2020.

La constitution de ce fonds permettrait de provisionner les retraites des fonctionnaires et d'alléger à terme les comptes de l'État. S'endetter pour constituer ce fonds et profiter du fait qu'un tel placement rapporterait plus sur le long terme que les intérêts dus sur la dette est une solution vraiment intelligente.

Comme l'explique Cécile Philippe : « L'État a fait le choix de masquer le déficit lié aux retraites des fonctionnaires, au lieu de s'organiser pour qu'il ne pèse pas sur le contribuable. L'État devrait placer des capitaux pour autofinancer avec des plus-values et dividendes les retraites de ses anciens personnels, comme le font le Sénat et la Banque de France, avec à la clef des économies substantielles. Si l'État imitait ces institutions responsables, il pourrait honorer les promesses faites aux fonctionnaires en économisant entre 30 à 60 milliards par an. »

Il est grand temps que le COR cesse d'occulter la réalité. Les pouvoirs publics doivent provisionner les retraites des fonctionnaires, pour économiser l'argent des contribuables tout en honorant la promesse faite aux anciens fonctionnaires.

Les dépenses de retraite de la fonction publique d'État ont triplé depuis 1977 et représentent 62 milliards en 2023, contre 20 milliards en 1977.

L'État aurait économisé 35 milliards en 2023 s'il avait provisionné en partie les retraites comme le Sénat. Cela représenterait 60 milliards d'économies si l'État avait provisionné intégralement les retraites de ses personnels comme la Banque de France.

Provisionner, c'est placer des capitaux qui rapportent plus et ainsi alléger le coût des pensions servies aux retraités, sans remettre en cause les prestations promises. Le FRR a rapporté 2,8 % par an depuis 2011 quand on tient compte des revenus et plus-values générés par l'épargne à moyen terme (3,9 % par an) et qu'on retranche le coût de la dette sociale française (1,1 % par an).

Au Québec, le Fonds d'amortissement des régimes de retraite (FARR) qui provisionne les retraites des employés de l'administration québécoise a rapporté 2,8 % par an depuis 1994, quand on tient compte du rendement de l'épargne à long terme (7,4 % par an) et qu'on retranche le coût de la dette publique (4,5 % par an en moyenne). Ce fonds québécois provisionne l'intégralité des promesses faites aux personnels publics.

En France, d'ici 2070, cela peut paraître loin (« gouverner, c'est prévoir »...), les intérêts dégagés par le fonds souverain permettraient de financer l'intégralité des retraites versées par l'État à ses anciens employés et de maintenir la taille du fonds souverain constante pour financer indéfiniment les retraites des employés de l'État.

N'oublions pas que sur la période 1977-2023, les retraites expliquent 71 % de l'envol des dépenses de personnel l'État (+ 59 milliards). Les pensions ont progressé de 42 milliards (2,5 % par an de plus que l'inflation), soit bien plus vite que la rémunération des employés de l'État (+ 17 milliards ou 0,4 % par an de plus que l'inflation). Sur cette même période, le point d'indice de la fonction publique a perdu 0,6 % par an par rapport à l'inflation.

Ces phénomènes sont liés. Dans le budget de l'État, le poste dépense de personnel fait office de caisse de retraite. Il sert à payer les actifs comme les retraités. Mécaniquement, l'envol des dépenses de retraite accroît le coût de production des services publics et réduit les moyens pour les fonctionnaires en activité, qu'il s'agisse d'augmenter le point d'indice de la fonction publique, les primes ou les effectifs. Les retraites constituent en particulier la première dépense de l'Éducation nationale, devant le primaire ou le secondaire. Elles ont capté 30 % de ce budget en 2023, d'où la difficulté à rendre le métier d'enseignant financièrement attrayant, les moyens budgétaires étant absorbés par les retraites.

Ces exemples chiffrés incitent à se lancer résolument dans la reconstitution du FRR. Voilà un endettement qui financerait l'avenir !

3/ La dérive de la masse salariale publique

Créé par une ordonnance du 9 octobre 1945, le statut de la fonction publique favorise le *statu quo,* en affaiblissant le pouvoir de réforme des gouvernements et en renforçant le pouvoir des administrations publiques. Le « modèle social » de 1945 se caractérise par de puissants mécanismes de blocage institutionnel. Le statut de la fonction publique a renversé le rapport de pouvoir entre le politique et l'administratif, entre l'élu et le fonctionnaire. La carrière du second ne dépend plus des choix du premier. Le statut de la fonction publique permet, quelle que soit la conjoncture politique, de maintenir, voire d'augmenter les effectifs de la fonction publique (celle de l'État central en particulier).

L'embauche d'un agent public par un gouvernement dépensier engage tous les gouvernements suivants sur une période d'environ trente-cinq ans, car il est impossible de licencier un fonctionnaire sous statut. Ce statut rend impuissants les élus qui voudraient engager une politique de baisse drastique des effectifs. Il crée dans le même temps un mécanisme de blocage, en donnant progressivement aux agents publics une place renforcée dans le fonctionnement du jeu démocratique. Leur poids électoral croît en effet à mesure que leur nombre augmente. Et leur pouvoir de blocage est d'autant plus fort qu'ils sont fortement syndiqués et que l'État se caractérise dans maints domaines par une situation de monopole.

Les rémunérations de tous les agents publics ont atteint environ 245 milliards en 2024, en progression de 4,2 % par rapport à 2023, soit une hausse de plus de 10 milliards en un an seulement.

La masse salariale des seuls agents de l'État a augmenté de 6,7 % en 2024, soit plus de 6 milliards .

Ces augmentations considérables sont notamment dues à : des mesures dites « catégorielles » (3,7 milliards), avec notamment les primes pour la sécurité des Jeux olympiques et la distribution de points à tous les militaires ; des mesures dites « générales » (augmentation du point d'indice, garantie individuelle de pouvoir d'achat ou GIPA, revalorisation du SMIC...) pour 700 millions ; des effectifs toujours à la hausse (+ 12 000 agents pour un coût de 600 millions) : le fameux glissement-vieillesse-technicité (ou GVT) qui correspond à l'avancement à l'ancienneté et aux promotions accordées pour un impact de 500 millions ; et d'autres augmentations de dépenses de personnel pour 1,2 milliard.

Évolution des effectifs de la fonction publique lors de chaque législature, par rapport à l'évolution de la population française, depuis 1997

	1997-2002	2002-2007	2007-2012	2012-2017	2017-2022	Total
Etat	+ 136 000	+ 12 000	- 136 000	+ 65 000	+ 87 000	+ 164 000 (2,57 millions)
Collectivités locales	+ 173 000	+ 217 000	+ 89 000	+ 40 000	+ 49 000	+ 568 000 (1,99 million)
Hôpitaux	+ 79 000	+ 100 000	+ 64 000	+ 38 000	+ 40 000	+ 321 000 (1,24 million)
Total fonction publique	+ 386 000	+ 329 000	+ 17 000	+ 145 000	+ 176 000	+ 1 053 000 (5,8 millions)
Population	+ 1 690 000	+ 2 220 000	+ 1 640 000	+ 1 530 000	+ 1 150 000	+ 8 230 000 (68,29 millions)

3.1 Les effectifs ne cessent d'augmenter

En 2023, il y avait 5,8 millions d'agents publics, soit un emploi sur cinq. Ils se répartissaient entre l'État (2,57 millions), les collectivités locales (1,99 million) et l'hôpital (1,24 million).

Sur ces 5,8 millions, les fonctionnaires représentaient 3,7 millions et les contractuels 1,35 million.

L'évolution des effectifs depuis cinquante ans montre une augmentation bien plus importante dans le public que dans le privé et bien supérieure à la croissance de la population. En vingt-cinq ans, le nombre de fonctionnaires a augmenté de plus d'un million, ce qui place la France en tête des pays de l'OCDE et de l'Union européenne pour les effectifs des administrations.

Sur cette même période, les effectifs des trois fonctions publiques ont augmenté de 23 % alors que ceux du secteur privé ne se sont accrus que de 18 % et la population de 14 %. Si l'évolution du service rendu avait été en phase avec la progression des moyens, les Français auraient ressenti une nette amélioration, ce qui n'est malheureusement pas le cas.

En 2017, le candidat Emmanuel Macron, semblant percevoir cette problématique du financement des rémunérations de toute la fonction publique, s'était engagé à réduire en cinq ans de 120 000 agents les effectifs des trois versants de la fonction publique. À l'époque, le candidat François Fillon avait, de son côté, annoncé une réduction du nombre de fonctionnaires de 500 000. En fait, au lieu de baisser, les effectifs ont augmenté de 178 000 sous le premier quinquennat Macron, et ils continuent malheureusement de croître depuis le début du second, ce qui a contribué à dégrader les comptes publics (+ 62 000 en 2023 et + 32 000 en 2024 soit près de 100 000 agents publics en deux ans).

3.2 Que faire ?

Pour réduire les dépenses de fonctionnement des administrations publiques (31 % des dépenses publiques), il faut impérativement agir sur la masse salariale qui représente presque les trois quarts de ces dépenses de fonctionnement.

Atteindre cet objectif nécessite de combiner l'abandon de certaines missions, le renforcement de la mobilité des fonctionnaires, la hausse de la durée effective du travail partout où elle est inférieure à 35 heures hebdomadaires et la recherche de tous les gains de productivité permis par les nouvelles technologies dès lors que les investissements nécessaires auront été faits en bon ordre.

La Banque de France l'indique bien dans son dernier rapport : « Il ne suffit pas d'augmenter le nombre d'heures travaillées ; il faut parallèlement augmenter la productivité de chaque heure travaillée, comme les États-Unis l'ont fait mieux que nous depuis 2000. L'intelligence artificielle (IA) constitue un ressort de la croissance : sa diffusion permettra de concourir à l'augmentation de la productivité dans l'avenir. Au sein des économies avancées, les recherches actuelles estiment que l'effet de l'IA sur le potentiel de croissance pourrait aller sur dix ans jusqu'à 1,3 point par an. »

L'idée la plus évidente serait de revenir à la règle en vigueur lors du quinquennat de Nicolas Sarkozy de ne remplacer qu'un fonctionnaire sur deux qui part en retraite. Pour éviter une règle trop rigide qui pourrait pénaliser le service public de proximité, un droit d'exemption pourrait être sollicité auprès du Premier ministre.

La baisse des effectifs ne devrait pas concerner seulement les services centraux des ministères, mais aussi les services déconcentrés et, au cas par cas, sans pénaliser les usagers, les fonctions publiques hospitalière et territoriale.

Nous devons changer totalement de dynamique, en ayant en permanence le regard sur ces deux indicateurs clés que sont la contrainte budgétaire et l'efficacité réelle du dispositif. Le leitmotiv devrait être : « moins de monde dans les bureaux et des fonctionnaires de terrain mieux rémunérés ! ».

Tandis qu'elle est de taille comparable à la nôtre, avec un système de sécurité sociale de même nature, l'Allemagne est parvenue, en particulier grâce au droit de licenciement prévu dans le Traité d'unification des deux Allemagnes, à réduire de 27 % les effectifs de la fonction publique au cours de la décennie 1990. La France a semble-t-il compris le rôle du statut général de la fonction publique dans la croissance continuelle des effectifs de la fonction publique. La loi de transformation de la fonction publique du 6 août 2019 a ainsi ouvert les postes de la haute fonction publique aux contractuels pour ceux à haute compétence technique, et a donné la possibilité aux communes d'embaucher des agents contractuels, de sorte que les employés de mairie, les jardiniers municipaux, etc., peuvent désormais être des agents contractuels de droit privé.

L'absence de maîtrise de la masse salariale publique n'est pas sans conséquences sur le dynamisme de l'économie. Les données de l'OCDE indiquent qu'en moyenne, la création de 1 emploi public détruit environ 1,5 emploi privé. Si la croissance des effectifs de la fonction publique avait été identique à celle de la population française, la France aurait eu plus de 400 000 fonctionnaires de moins au 1er janvier 2023. Le nombre d'emplois privés aurait ainsi pu, en extrapolant les données de l'OCDE, être supérieur de 600 000 unités !

Outre la règle du non-remplacement d'un fonctionnaire sur deux partant à la retraite, d'autres mesures devraient être envisagées pour maîtriser l'évolution de la masse salariale et faire participer les agents de la fonction publique à l'effort général :

- Dans le cadre de l'« Année Blanche », geler le GVT (c'est-à-dire les augmentations à l'ancienneté) pendant au moins un an avant de substituer à cette rémunération à l'ancienneté un système de rémunération liée à la performance, plus incitatif et plus productif.

- Stopper toutes les revalorisations catégorielles et soumettre celles qui pourraient malgré tout être envisagées à l'accord préalable du Premier ministre. Mettre fin à la possibilité pour chaque ministre de décider de revaloriser certaines catégories d'agents.

- Instaurer 3 jours de carence dans la fonction publique pour l'aligner sur les règles en vigueur dans le secteur privé. Interdire aux entreprises qui le font actuellement, très minoritaires, de prendre en charge ces jours de carence afin que tout le monde, public et privé, soit sur un pied d'égalité.

- Supprimer la GIPA, prime garantissant le maintien du pouvoir d'achat à chaque agent, qui récompense souvent, en bout de course, les agents n'ayant eu ni avancement ni promotion et ne figurant ainsi pas dans la catégorie des agents les plus performants.

- Enfin, plus aucune étude ne devrait être réalisée par des fonctionnaires, sauf accord express du ministre concerné. De nombreux fonctionnaires s'interrogeraient alors « Que vais-je faire ? ». Il serait facile de leur répondre d'occuper des postes opérationnels au service des usagers.

Aujourd'hui beaucoup trop (presque tous ?) de rapports finissent dans des tiroirs et ne servent strictement à rien. La collectivité consacre malheureusement énormément d'argent pour leur confection.

Prises simultanément pour avoir un effet plus efficace, toutes ces propositions pourraient représenter quelques milliards d'économies par an.

Au-delà des mesures touchant la masse salariale, dans un souci de justice et de transparence, il conviendrait d'améliorer l'information concernant les rémunérations et les avantages en nature des présidents et directeurs de structures publiques.

En effet, il est aujourd'hui très difficile de connaître la rémunération et les avantages en nature des présidents ou directeurs de hautes autorités, d'agences publiques (telle l'ADEME), de commissions nationales (débat public, cinéma, etc.), des opérateurs de l'État en général. Ce n'est peut-être pas fondamental dans la recherche d'économies, mais c'est symboliquement indispensable dans un moment où l'on demande à tous de fournir des efforts.

Dans les grandes entreprises, ces éléments sont discutés, souvent vigoureusement, en assemblée générale des actionnaires. Dans les PME, des informations figurent en annexe des comptes voire dans les rapports des commissaires aux comptes. Pour l'État et toutes ses « antennes », il y a actuellement une opacité particulièrement choquante. Il est très difficile, par exemple, de savoir que le ou la président(e) de la commission pour le débat public gagne 13 000 euros par mois, comme le président de la République.

À ce sujet, j'ai réussi dans le cadre de la discussion du budget 2025 à faire adopter un amendement améliorant nettement l'information sur les rémunérations et avantages des présidents et membres d'autorités administratives et publiques indépendantes. Jusqu'à présent, ces informations étaient fournies de façon très dispersée et assez peu lisible. Désormais, si l'amendement adopté est bien appliqué - il faut toujours être prudent en la matière ! -, ces informations devront être également présentées de façon consolidée pour l'ensemble des structures sur un seul et même tableau.

Il faudrait désormais obtenir pour les opérateurs de l'État les mêmes informations avec une vue d'ensemble facilement consultable.

4/ Le chantier des dépenses de santé : mettre fin à l'illusion de la gratuité

Les dépenses de santé sont, avec les dépenses de retraites, les dépenses les plus dynamiques depuis trente ans. Leur croissance « spontanée », c'est-à dire en l'absence de toute mesure, s'élèverait en 2026 à environ 22,4 milliards, en quasi-totalité du fait des branches vieillesse et maladie. Au sein des quatre grands types de dépenses de sécurité sociale (maladie, vieillesse, famille, chômage), les deux derniers ne participent pas notablement à la dérive spontanée. Outre le déséquilibre des retraites évoqué précédemment, les dépenses d'assurance maladie (soit 325 milliards) ont tendance à augmenter systématiquement plus vite que la richesse nationale.

A la source de cette dérive, un défaut de régulation et de responsabilisation des consommateurs comme des offreurs de soins. Le consommateur de soins ne supporte qu'une fraction du prix de la dépense médicale, fraction souvent pratiquement nulle ou très faible qui le déresponsabilise et l'encourage à consommer ou à surconsommer « gratuitement » des soins dont il n'a pas nécessairement besoin. L'insuffisance de régulation est ici renforcée par cette coûteuse « illusion de la gratuité ». Tout comme le prix de l'énergie (kWh ou litre d'essence) fait prendre conscience à chacun qu'il faut éviter de gaspiller des ressources rares, le prix des soins médicaux les plus courants et les plus bénins doit avoir pour vertu d'appeler à une réflexion et à des arbitrages, autrement dit de responsabiliser le consommateur. L'offreur de soins, qu'il s'agisse de l'hôpital, du médecin de famille ou de tout autre praticien ne ressent, de ce fait, qu'une résistance faible à l'accroissement des dépenses, manifestant lui-même une préoccupation insuffisante de rigueur dans la gestion des deniers publics.

Différents types de mesures permettraient de dégager jusqu'à 20 ou 25 milliards d'économies par an. Là encore, toutes ces mesures n'ont pas la même temporalité, les plus structurantes n'ayant, généralement, pas de fort rendement immédiat, à l'inverse de mesures plus paramétriques.

Plusieurs pistes d'économies pourraient en l'espèce être envisagées : l'accroissement de la part des génériques ; la limitation du recours à l'imagerie médicale et l'alignement sur les meilleurs pratiques européennes ; le développement de la prescription du médicament à l'unité; le plafonnement à 65 % (contre 93 % en moyenne aujourd'hui) de la prise en charge des dépenses de transports sanitaires ; diverses mesures de simplification (vente de médicaments sans ordonnance en supermarché, vaccination par les personnels administratifs de catégorie C, etc.) ; la réduction du remboursement des soins en cas de non-respect du parcours de soin et d'hospitalisations excessives ; l'amélioration de la gestion des sorties du système (raccourcissement d'office ou mesures spécifiques à certaines maladies, comme les cancers en rémission) ; l'instauration d'une franchise sur les dispositifs médicaux ; la réduction du coût des indemnités journalières (instauration d'un deuxième et troisième jours de carence obligatoires dans la fonction publique et/ou d'un jour de carence d'ordre public non remboursable pour l'ensemble des assurés) ; le renforcement de la lutte contre la fraude sociale accompagné également d'une plus grande surveillance de la pertinence des prescriptions médicales.

En la matière, responsabiliser est la clef ! Et cela vaut pour les praticiens comme pour les patients !

5/ Aides aux entreprises : les diminuer massivement en contrepartie d'une baisse de la fiscalité

Un exemple symptomatique, et pour ainsi dire caricatural de la maladie française et des méfaits de la sur-étatisation, nous est fourni par le traitement fiscal et budgétaire des entreprises. L'intervention de l'État est ici contre-productive à un double niveau : en imposant fortement les entreprises en amont, en les subventionnant en aval. « L'État leur casse une jambe, puis leur donne une béquille pour les aider à marcher ». La commission d'enquête sénatoriale sur les aides publiques aux entreprises a remis son rapport sur les aides publiques aux grandes entreprises le 1er juillet dernier[15]. Trois chiffres peuvent retenir l'attention et méritent d'être mis en perspective.

Le rapport évalue le montant des aides publiques aux entreprises à « au moins 211 milliards en 2023 ». Il précise (p. 20) qu'« ont été retenues les subventions de l'État, les aides versées par Bpifrance, les dépenses fiscales et les dépenses fiscales déclassées, ainsi que les allègements de cotisations sociales. N'ont pas été retenues en revanche les compensations pour charge de service

---

[15] « Transparence et évaluation des aides publiques aux entreprises : une attente démocratique, un gage d'efficacité économique », rapport n° 808, déposé le 1er juillet 2025 par O. Rietmann (président) et F. Gay (rapporteur), 472 p.

public et les sommes assimilées ». Ces 211 milliards d'aides sont réparties – précise plus loin le rapport (p. 155-156) – entre 2 267 dispositifs de nature très différente. En nombre, les deux tiers sont des subventions (66 %). En volume, les subventions aux entreprises ne représentent pourtant que 7 milliards. Les dépenses ou niches fiscales (88 milliards) et les allègements de cotisations sociales (75 milliards) représentent la voie privilégiée par la puissance publique pour aider les entreprises, le reliquat (41 milliards) étant formé d'interventions financières de Bpifrance.

Surtout, le rapport énonce (p. 21) : « L'institut Rexecode a réalisé une comparaison internationale à partir des prélèvements bruts des entreprises (impôts sur la production, impôts en capital, impôts sur le revenu et cotisations) et des aides perçues (subventions à la production et aides à l'investissement). Il en ressort que le prélèvement net sur les sociétés non financières françaises atteint 20 % de la valeur ajoutée brute, soit le deuxième plus élevé de l'Union européenne après la Suède (23 %). » Isoler le montant des aides versées en aval sans prendre en compte les prélèvements payés en amont, comme le font certains, est profondément malhonnête sur le plan méthodologique et aussi intellectuellement.

C'est le paquet global qui importe. Or, on retiendra que, malgré 211 milliards d'aides réparties entre près de 2 300 dispositifs, la France enregistre le taux moyen de prélèvements obligatoires nets (c'est-à-dire déduction faite des aides reçues) sur la valeur ajoutée des entreprises le deuxième plus élevé de l'Union européenne ! Ou l'art très français d'empiler les couches sédimentaires de distorsions fiscales (en amont) et budgétaires (en aval), générant complexité et inefficacités productives. Si elle ne surtaxait pas ses entreprises en amont, la France n'aurait pas à les subventionner ou à les détaxer aussi massivement en aval. C'est aussi simple que cela. Mieux vaudrait donc, en même temps, diminuer et le poids de la fiscalité et le poids des dépenses octroyées pour contrebalancer…

En l'espèce, la politique la plus rationnelle et la plus efficace économiquement consisterait en effet à ramener la fiscalité des entreprises dans la moyenne de l'OCDE et à couper, en contrepartie, dans les aides publiques qui leur sont octroyées précisément pour compenser des taux d'imposition plus élevés en France qu'à l'étranger.

Le périmètre retenu pour désigner la « fiscalité des entreprises » recouvre classiquement l'impôt sur les sociétés (IS) et les différents impôts de production (auxquels il faut ajouter, hors fiscalité, les cotisations sociales à la charge des employeurs et payées par les entreprises). Toutefois, les phénomènes d'incidence et de répercussion fiscales nous enseignent que tous les impôts sont toujours payés au bout du compte par des personnes physiques (chefs d'entreprise ou actionnaires par la baisse des rendements, salariés par la baisse ou la non-augmentation de leurs salaires, consommateurs par la hausse des prix).

Les travaux les plus récents d'économie appliquée tendent à conclure que ce sont les salariés qui paient la majeure partie des impôts sur les sociétés. La raison est que l'IS favorise une baisse du ratio capital-travail et finalement des salaires. Il s'agit là d'un point fondamental sur lequel il faut insister : baisser les impôts sur les entreprises c'est bon pour les salaires ! L'enjeu est de baisser la fiscalité des entreprises sans toutefois anéantir l'autonomie fiscale locale, elle aussi favorable à une saine gestion publique en rapprochant les citoyens-électeurs du niveau de prise de décision publique, responsabilisant du même coup élus locaux et électeurs.

La baisse de fiscalité des entreprises intervenue depuis 2018 (trajectoire de baisse du taux d'IS et baisse des impôts de production) a au moins eu le mérite d'améliorer le positionnement relatif de la France dans la compétition internationale, bien que ce phénomène de baisse de fiscalité des entreprises corresponde en réalité à une tendance mondiale. L'écart de fiscalité des entreprises s'est resserré avec les principaux pays européens, mais celle-ci reste en France plus élevée (plus de 12 % du PIB) qu'en Allemagne, en

Italie, ou en Pologne (moins de 10 % du PIB), plus élevée aussi qu'en Espagne (légèrement supérieure à 10 % du PIB), qu'aux Pays-Bas et en Belgique (moins de 10 % du PIB). Seule la Suède nous devance (plus de 14 % du PIB). Cette fiscalité particulièrement lourde finance un niveau d'aides publiques lui-même plus élevé en France (plus de 3 % du PIB) qu'à l'étranger (moins de 2 % du PIB en Italie, en Suède ou en Pologne, par exemple).

« La multiplicité de dispositifs susceptibles d'évoluer dans le temps est une source de complexité, d'insécurité juridique et d'instabilité fiscale, qui pénalise en premier les entreprises les plus petites, qui ne sont pas toujours en mesure de souscrire aux dispositifs auxquels elles sont éligibles »[16], soulignait l'Institut Rexecode dans une note de 2023. Malgré cet ensemble hétérogène de dispositifs publics, le montant des prélèvements sur les entreprises net des aides reste, répétons-le, largement supérieur en France que chez nos voisins[17]. Une diminution drastique du nombre et du volume des aides publiques, associée à une diminution des impôts et cotisations à due concurrence, atténuerait les distorsions et simplifierait l'ensemble du système au bénéfice de la création globale de richesses, c'est-à-dire au bénéfice de la collectivité tout entière.

---

[16] Rexecode, *« Aides aux entreprises » : de quoi parle-t-on ?*, 12 juillet 2023, 4 p.

[17] *Ibid.*

Chapitre 4

L'État doit montrer l'exemple

Le tableau ci-dessous retrace l'évolution des crédits pour chacune des missions du budget général de l'État entre 2019 et 2025.

Évolution des crédits des missions entre comptes 2019 et budget 2025 en milliards

Missions	Exécution 2019	Budget 2025	Évolution hors inflation	Évolution réelle (corrigée de l'inflation)
Action extérieure de l'État	2 819	3 457	+ 22,6 %	+ 6,6 %
Administration générale et territoriale de l'État	2 826	4 948	+ 75,1 %	+ 59,1 %
Agriculture, alimentation, forêt et affaires rurales	2 944	4 216	+ 43,2 %	+ 27,2 %
Aide publique au développement	2 992	4 373	+ 46,2 %	+ 30,2 %
Anciens combattants, mémoire et liens avec la Nation	2 299	1 854	- 19,4 %	- 35,4 %
Cohésion des territoires	17 580	23 122	+ 31,5 %	+ 15,5 %
Conseil et contrôle de l'État	686	892	+ 30 %	+ 14 %
Culture	2 947	3 918	+ 33 %	+ 17 %
Défense	44 866	59 946	+ 33,6 %	+ 17,6 %
Direction de l'action du Gouvernement	1 243	1 026	- 17,5 %	- 33,5 %
Écologie, développement et mobilité durables	14 325	21 704	+ 51,5 %	+ 35,5 %
Économie	1 786	3 729	+ 108,8 %	+ 92,8 %
Engagements financiers de l'État	40 585	56 169	+ 38,4 %	+ 22,4 %
Enseignement scolaire	72 716	88 642	+ 21,9 %	+ 7,9 %
Gestion des finances publiques	10 325	10 859	+ 5,2 %	- 10,8 %
Immigration, asile et intégration	1 839	2 081	+ 13,2 %	- 2,8 %
Investir pour la France 2030	1 020	5 265	+ 416,2 %	+ 400,2 %
Justice	8 925	12 683	+ 42,1 %	+ 26,1 %

Médias, livre et industries culturelles	577	720	+ 24,8 %	+ 8,8 %
Outre-mer	2 407	2 980	+ 23,8 %	+ 7,8 %
Pouvoirs publics	991	1 138	+ 14,8 %	- 1,2 %
Recherche et enseignement supérieur	27 964	30 909	+ 10,5 %	- 5,5 %
Régimes sociaux et de retraite	6 186	5 991	- 3,2 %	- 19,2 %
Relations avec les collectivités territoriales	3 440	3 963	+ 15,2 %	- 0,8 %
Remboursements et dégrèvements[18]	140 064	148 306	+ 5,9 %	- 10,1 %
Santé	1 355	1 482	+ 9,4 %	- 6,6 %
Sécurités	20 469	25 258	+ 23 ,4 %	+ 7,4 %
Solidarité, insertion et égalité des chances	24 711	30 309	+ 22,7 %	+ 6,7 %
Sport, jeunesse et vie associative	998	1 499	+ 50,2 %	+ 34,2 %
Transformation et fonction publiques	55	103	+ 87,3 %	+ 71,3 %
Travail, emploi et administration des ministères sociaux	14 193	20 010	+ 41 %	+ 25 %
Total	**476 133**	**581 552**	**+ 22,1 %**	**+ 8,1 %**
Total hors *Remboursements et dégrèvements*	**336 069**	**433 246**	**+ 28,9 %**	**+ 12,9 %**

La comparaison entre ces deux années permet de raisonner à périmètre constant, sans tenir compte des dépenses exceptionnelles engagées entre 2020 et 2023 pour faire face aux crises sanitaire et énergétique. En tenant compte de l'inflation cumulée sur la période, on observe que les dépenses de l'État ont crû de près de 13 %. Si leur progression avait suivi exactement le rythme de l'inflation, soit 16 %, le total des crédits du budget général aurait été de 390 milliards à peine dans la loi de finances pour 2025. Autrement dit, plus de 43 milliards auraient pu être économisés si l'augmentation des dépenses de l'État avait simplement suivi le rythme de l'inflation. On aurait été alors encore loin de « l'austérité ». Même en retranchant la hausse, inévitable, des charges d'intérêts de la dette (mission « Engagements financiers de l'État »), le surcroît de dépenses (par rapport à l'inflation) franchit la barre des 30 milliards en l'espace de cinq ans seulement.

Ce tableau comparatif permet de visualiser les postes de dépenses où la dérive a été la plus importante. Sous l'effet de revalorisations salariales ou de créations de postes, financées une fois de plus à crédit, la mission « Enseignement scolaire » a, par exemple, vu ses crédits augmenter de près de 6 milliards hors inflation. Les diverses mesures de soutien à l'emploi, notamment en faveur de l'apprentissage, ont fait gonfler la mission « Travail, emploi et administration des ministères sociaux » de 3,5 milliards. Les investissements d'avenir, dopés par le programme « France 2030 » après l'épidémie de Covid-19, ont eux aussi coûté 4 milliards de plus en 2025 qu'en 2019.

Nous avons également comparé dans le tableau suivant les réalisations 2019 et 2024 (dernière année connue) où l'on constate que les dépenses réelles en cinq ans ont progressé de 15 % de plus que l'inflation. Ces 15 % représentent une somme de l'ordre de 50 milliards d'économies qui auraient pu être réalisées si l'on avait suivi strictement l'inflation.

Évolution des crédits des missions entre comptes 2019 et 2024 en milliards

Missions	Exécution 2019	Exécution 2024	Évolution hors inflation	Évolution réelle (corrigée de l'inflation)
Action extérieure de l'État	2 819	3 289	+ 16,7 %	+ 2,5 %
Administration générale et territoriale de l'État	2 826	4 662	+ 65 %	+ 50,8 %
Agriculture, alimentation, forêt et affaires rurales	2 944	4 498	+ 52,8 %	+ 38,6 %
Aide publique au développement	2 992	4 822	+ 61,2 %	+ 47 %
Anciens combattants, mémoire et liens avec la Nation	2 299	1 959	- 14,8	- 29 %
Cohésion des territoires	17 580	18 497	+ 5,2 %	- 9 %
Conseil et contrôle de l'État	686	861	+ 25,5 %	+ 11,3 %
Culture	2 947	3 865	+ 31,2 %	+ 17 %
Défense	44 866	58 428	+ 30,2 %	+ 16 %
Direction de l'action du Gouvernement	1 243	1 017	- 18 ,2 %	- 32,4 %
Écologie, développement et mobilité durables	14 325	24 232	+ 69,2 %	+ 55 %
Économie	1 786	5 104	+ 185,8 %	+ 171,6 %
Engagements financiers de l'État	40 585	58 765	+ 44,8 %	+ 30,6 %
Enseignement scolaire	72 716	86 397	+ 18,8 %	+4,6 %
Gestion des finances publiques	10 325	10 595	+ 2,6 %	- 11,6 %
Immigration, asile et intégration	1 839	2 191	+ 19,1 %	+ 4,9 %
Investir pour la France 2030	1 020	6 271	+ 514,8 %	+ 500,6 %
Justice	8 925	11 827	+ 32,5 %	+ 18,3 %
Médias, livre et industries culturelles	577	712	+ 23,4 %	+ 9,2 %
Outre-mer	2 407	2 917	+ 21,2 %	+ 7 %
Pouvoirs publics	991	1 157	+ 16,8 %	+ 2,6 %
Recherche et enseignement supérieur	27 964	30 986	+ 10,8 %	- 3,4 %
Régimes sociaux et de retraite	6 186	6 064	- 2 %	- 16,2 %

Relations avec les collectivités territoriales	3 440	3 895	+ 13,2 %	- 1 %
Remboursements et dégrèvements	140 064	146 523	+ 4,6 %	- 9,6 %
Santé	1 355	2 803	+ 106,9 %	+ 92,7 %
Sécurités	20 469	25 486	+ 24,5 %	+ 10,3 %
Solidarité, insertion et égalité des chances	24 711	31 031	+ 25,6 %	+ 11,4 %
Sport, jeunesse et vie associative	998	1 548	+ 55,1 %	+ 40,9 %
Transformation et fonction publiques	55	914	+ 1 561,8 %	+ 1 547,6 %
Travail, emploi et administration des ministères sociaux	14 193	21 432	+ 51 %	+ 36,8 %
Total	**476 133**	**582 748**	+ 22,4 %	+ 8,2 %
Total hors *Remboursements et dégrèvements*	**336 069**	**436 225**	+ 29,8 %	+ 15,6 %

1/ Assurer une vraie transparence dans le processus législatif comme dans les comptes de l'État

Le citoyen est convaincu que les parlementaires disposent d'un maximum d'informations, notamment sur le plan financier. En réalité, il n'en est rien. Et il serait surpris de constater les carences qui sont les nôtres pour mener à bien notre mission de représentation des citoyens (par exemple pour le consentement à l'impôt) ou de contrôle de l'action du Gouvernement (mission pourtant constitutionnelle, en l'espèce nécessaire pour éviter les gabegies), et plus généralement pour prendre les bonnes décisions en parfaite connaissance de cause. Force est d'admettre que les parlementaires votent souvent les textes de loi dans le brouillard, les modifiant au « doigt mouillé », sans chiffrage rigoureux ni données étayées. En régime de démocratie représentative, c'est particulièrement fâcheux...

Les études d'impact qui doivent accompagner chaque projet de loi sont le plus souvent indigentes. En théorie, l'étude d'impact d'un projet de loi intègre une dimension « dépenses publiques ». En pratique, cette partie est souvent succincte, lacunaire et disséminée dans les différents titres de l'étude sans clarté ni esprit de synthèse. Pire : aucune n'étudie sérieusement l'impact direct ou même indirect sur les dépenses publiques de la loi projetée. Exemple ô combien révélateur, la loi du 7 décembre 2020 d'accélération et de simplification de l'action publique n'intégrait, dans son étude d'impact, aucun titre consacré à la dépense publique.

On citera également l'exemple de la loi de programmation de la recherche de 2021 à 2030 et des 181 pages de l'étude d'impact adossée au texte. Si l'on parvenait tant bien que mal à dénicher quelques chiffres sur l'impact financier des différentes mesures, c'est peu dire que l'on restait sur sa faim. Prévoir pour chaque disposition législative nouvelle une mention particulière « dépenses publiques » et un tableau récapitulatif synthétique en fin d'étude serait d'autant plus opportun qu'il ne peut y avoir de consentement éclairé – des parlementaires comme, à travers eux, des citoyens – sans informations préalables claires sur l'incidence financière des textes soumis au débat et au vote du Parlement.

Les documents financiers actuels ne sont pas satisfaisants. Ils ne permettent pas toujours, loin de là, de trouver l'information recherchée. Les montants sont souvent globalisés, il y a rarement un détail ligne à ligne, et la comparaison du budget avec le réalisé des derniers comptes arrêtés est impossible. Ainsi, contrairement à ce qu'il est possible et souhaitable de faire dans une collectivité, c'est-à dire constituer chaque année un budget base zéro en prenant en compte la réalisation de l'exercice précédent, cet exercice qui serait bien utile est dans les faits impossible à réaliser.

L'absence ou, du moins, l'inaccessibilité des données financières de base est un obstacle important à la circulation des informations et au débat démocratique. Le système actuel permet à certaines missions de garder des réserves discrètes (telle l'Éducation nationale affichant un milliard de crédits budgétaires excédentaires pour la formation initiale comme continue des enseignants !) au détriment de la sincérité budgétaire et comptable.

C'est la raison pour laquelle une nouvelle réforme de la loi organique relative aux lois de finances (la LOLF faisant office de constitution financière de l'État) m'apparaît nécessaire afin d'assurer une plus grande transparence et une meilleure lisibilité des documents prévisionnels, rectificatifs et d'approbation des comptes, afin de les rendre plus facilement compréhensibles.

Cet effort de clarification doit être l'occasion d'un travail de simplification du jargon technique utilisé par les administrations publiques, lequel empêche le citoyen lambda de saisir les enjeux associés aux finances publiques. Par exemple, pourquoi parler de « comptes spéciaux » pour les retraites plutôt que, tout simplement, de « dépenses de retraites » ? Pourquoi parler de « prélèvements sur recettes » au profit des collectivités territoriales ou de l'Union européenne plutôt que de « contribution de l'État » ? De « dégrèvements ou remboursements » ? D'« engagements financiers de l'État » plutôt que de « charges de la dette » ? Quand l'occasion d'une réforme se présente, comme en 2021 pour la LOLF, les modifications apportées entraînent malheureusement plus de confusions et de complications qu'auparavant : ainsi de la « loi de règlement », qui chaque année arrête les comptes, c'est-à-dire le montant définitif des dépenses et des recettes, et qui depuis 2023 est devenue la « loi relative aux résultats de la gestion et portant approbation des comptes de l'année (LRGACA) ». « Loi d'arrêté des comptes » n'aurait-il pas été plus clair et plus intelligible pour tout le monde, parlementaires comme citoyens ?

De même, comment s'y retrouver au milieu des trois comptabilités (générale, budgétaire et nationale) parmi lesquelles navigue l'État ? La comptabilité générale est proche de celle des entreprises, mais s'en distingue en raison de certaines des spécificités de l'État, qui dispose d'un pouvoir réglementaire. Elle diffère elle-même de la comptabilité budgétaire, qui est une comptabilité de caisse permettant de suivre l'exécution du budget de l'État, mais également de la comptabilité nationale, qui est harmonisée au niveau européen et international. Pourquoi ne pas retenir une seule et même comptabilité permettant, le cas échéant, de faire des comparaisons entre pays ?

S'attaquer à la dépense publique commande en outre de réviser notre procédure budgétaire. L'élaboration du budget ne relève pas du Parlement mais du Gouvernement, lequel dispose pour ce faire d'une administration « à sa main ». La réalité de la Ve République aboutit néanmoins à ce que le poids prépondérant de l'administration dans le processus de décision brise les velléités réformatrices les plus radicales du pouvoir exécutif, fût-il élu et, à ce titre, seul légitime en démocratie !

En l'espèce, des biais pourraient être corrigés et des exemples étrangers calqués, au moins en partie. Ainsi, en Allemagne, la procédure budgétaire part de la recette. C'est elle qui détermine le budget. En France, Bercy arrête d'abord les dépenses et, compte tenu des recettes attendues, en déduit le montant du déficit. Il y a là un biais nettement défavorable à une bonne et saine gestion publique. Certes, l'article 40 de la Constitution oblige les parlementaires à faire preuve d'une certaine responsabilité, en les contraignant à ne pas aggraver une charge publique ou à ne pas réduire une recette. C'est là le bon côté du parlementarisme rationalisé. Mais la contrepartie de cette discipline devrait se trouver dans la possibilité de disposer de véritables moyens de contrôle et d'évaluation.

Si la confiance n'exclut pas le contrôle, le manque de moyens, lui, peut aboutir à l'exclusion du contrôle. Et ce manque de moyens se retrouve à plusieurs niveaux. Tout d'abord, lors de chaque projet de loi de finances (initiale, rectificative ou d'approbation des comptes), nous manquons cruellement d'informations, malgré le travail louable de la commission des finances du Sénat et de ses administrateurs. Par exemple, il m'a fallu plus d'un an pour obtenir le montant (évoqué plus loin dans le présent chapitre) des dépenses protocolaires et de communication des différents ministères.

Nous ne dialoguons qu'insuffisamment avec le Gouvernement. Seuls, hélas, quelques débats parlementaires, qui ne sont pour les ministres que des passages obligés, nous permettent d'échanger – et de manière trop superficielle le plus souvent. Être obligé pour le ministre présent au banc de nous écouter, ce n'est pas nécessairement nous entendre, tant s'en faut ! Ensuite, nous sommes chaque fois mis au pied du mur, en découvrant début septembre les premiers arbitrages par voie de presse. Enfin, chaque année, nous dénonçons le manque de temps pour l'examen du projet de loi d'approbation des comptes constatant les résultats financiers de chaque exercice budgétaire et approuvant (ou désapprouvant, comme ce fut le cas de manière répétée ces dernières années...) les différences entre les prévisions et l'exécution du budget, éventuellement modifiées en cours d'année. Le temps passé à l'examen de la réalisation budgétaire est ridicule, et certainement pas à la hauteur d'une démocratie moderne soucieuse de la bonne gestion de ses finances publiques.

Pour l'examen des comptes de l'État et de la Sécurité sociale, le Parlement n'est en fait qu'une simple chambre d'enregistrement. Pire : quand il rejette les comptes, comme c'est le cas depuis quatre ans consécutivement, cela reste sans conséquences...

La réforme de la LOLF intervenue en 2021 a avancé au 1er mai, comme je l'avais proposé dans *Les Vertus de l'équilibre*, la date de dépôt du projet de LRGACA (contenant qui dit tout de l'inintelligibilité du contenu !) afin de donner plus de temps aux travaux de contrôle et d'évaluation des parlementaires. La possible évolution de la LOLF, compte tenu notamment du nouveau cadre de gouvernance économique et budgétaire de l'Union européenne, devra être l'occasion d'aller plus loin dans la rénovation du calendrier budgétaire et la clarification de la présentation des comptes de l'État et de la Sécurité sociale. Des parlementaires compétents, bien informés et qui prennent le temps de débattre sont à même de doter le pays de lois et de politiques publiques cohérentes, et d'assurer ainsi un contrôle démocratique légitime quant à l'action du Gouvernement, c'est-à-dire aux dépenses publiques.

2/ Plafonner les dépenses « de guichet » sauf en matière de santé. L'exemple de l'Aide médicale d'État (AME)

Les dépenses dites « de guichet », que l'on pourrait tout aussi bien appeler dépenses « open bar », correspondent à des dépenses absolument incontrôlées. Dans le principe, le Gouvernement décide d'une aide pour l'acquisition de véhicules « propres », pour soutenir l'apprentissage, pour rénover des bâtiments, que sais-je encore, et ne sait pas très bien combien il va devoir dépenser pour répondre aux demandes. Dans les faits, toutes les personnes ou entreprises qui en font la demande et répondent aux conditions sont « servies » sans que l'on se pose la question de l'argent disponible. J'ai toujours été choqué par ces dispositifs dont on a l'impression qu'ils sont sans limites et, forcément, très risqués sur le plan de la dépense publique. Pour être plus prudent, le Gouvernement devrait fixer en début d'année une limite de budget pour chacune de ces dépenses, et considérer qu'à partir du moment où cette limite est atteinte, le demandeur devra attendre l'année suivante pour pouvoir bénéficier du soutien en question. À défaut, en maintenant les dépenses de guichet telles quelles, le Gouvernement donne l'impression que, quoi qu'il arrive, il y a de l'argent disponible.

Le seul domaine dans lequel cette règle ne s'appliquerait pas est évidemment celui de la santé. Ce qui n'empêche pas, en la matière, de se fixer des règles et de faire preuve de rigueur.

Prenons l'exemple de l'aide médicale d'État (AME) au sujet de laquelle j'ai eu l'occasion, en juillet 2025, de publier un rapport et de faire des propositions de modifications de certaines règles d'attribution susceptibles de générer une meilleure maîtrise de la dépense publique afférente[18].

Le dispositif de l'AME, créé en 1999, permet la protection de la santé des personnes étrangères en situation irrégulière, vivant en France depuis au moins trois mois consécutifs, et dont les ressources ne dépassent pas un plafond de 862 euros mensuels en 2025. L'AME s'applique également aux « ayant-droits » du bénéficiaire (conjoint, enfants mineurs et majeurs à charge, ainsi qu'une personne unique à charge, vivant depuis douze mois consécutifs avec la personne bénéficiaire de l'aide).

Une réforme de l'aide médicale d'État avait été annoncée par le Gouvernement en 2023, à l'occasion du vote par le Sénat de la transformation de l'AME en AMUE (aide médicale d'urgence) à la faveur de l'examen du projet de loi pour contrôler l'immigration. Le Gouvernement avait même chargé Claude Evin, ancien ministre de la Santé, et Patrick Stefanini, conseiller d'État honoraire, de mener une mission à ce sujet, en moins de trois mois, soit un temps

---

[18] « L'aide médicale d'État, une réforme nécessaire », rapport d'information n° 841, 9 juillet 2025, 94 p.

très court. Mais aucune suite n'a malheureusement été donnée à ce rapport, comme souvent, ce qui est très regrettable.

Les comparaisons européennes qu'ils ont pu faire sont instructives. Le Danemark et la Suisse ne prennent en charge gratuitement que les soins urgents et demandent une participation financière pour le traitement des maladies infectieuses, la prévention et les frais liés à la grossesse. La plupart des pays (Allemagne, Royaume-Uni, Suède, Italie) remboursent les soins précités mais limitent le panier de soins remboursés pour les étrangers en situation irrégulière par rapport à celui des assurés sociaux, dans une plus large mesure qu'en France. Certains pays (Espagne, Belgique) prennent en charge pratiquement l'ensemble des soins comme pour les assurés sociaux.

Le coût total de l'AME avoisine les 1,4 milliard en 2024, soit une hausse de 64,3 % des dépenses en dix ans et une augmentation de 543 millions .

La hausse de ces dépenses est liée notamment à la progression du nombre de bénéficiaires ces dernières années. Ils étaient près de 466 000 bénéficiaires au troisième trimestre 2024, nombre qui a doublé entre 2011 et 2024.

Maîtriser ces dépenses, voire réussir à les réduire, nécessite de modifier les règles d'attribution mais aussi, en premier lieu, de lutter plus efficacement contre l'immigration illégale. Le nombre d'étrangers en situation irrégulière présents sur le sol français, estimé entre 800 000 et 900 000 personnes, est en hausse depuis au moins quatre ans. Le nombre de bénéficiaires de l'AME a augmenté de 26,3 % entre 2020 et 2024, les interpellations d'étrangers en situation irrégulière de 37 % et le nombre de demandes d'asile de 69,4 % sur la même période. Lutter contre les flux de l'immigration illégale constitue la condition préalable à la maîtrise des dépenses d'AME. Mais d'autres mesures permettraient, si nos dirigeants en avaient la volonté, de réduire ces dépenses. J'ai ainsi proposé, entre autres, de revoir les conditions d'accès (les personnes concernées par un refus ou un retrait de titre de séjour pour motif d'ordre public ne devraient plus pouvoir être éligibles) et de modifier la définition des soins pris en charge en se rapprochant du système mis en œuvre en Allemagne, qui représente une solution « médiane » entre les systèmes danois et suisse et le système espagnol.

En Allemagne, et contrairement à la France, sont totalement exclus du panier de soins pris en charge les programmes de soins programmés pour les maladies chroniques, sauf si leur non-réalisation entraînerait une aggravation critique de l'état de santé de la personne. Sont soumis à autorisation préalable de la caisse primaire d'assurance maladie les traitements hospitaliers non urgents, la rééducation physique ou encore la psychothérapie.

Il est assez difficile d'évaluer l'ampleur des économies représentées. On sait toutefois que les soins de suite et de réadaptation, les hospitalisations à domicile, la psychiatrie et les dépenses des cliniques privées, représentent 338 millions.

Enfin, les personnes bénéficiant de l'aide médicale d'État depuis moins de neuf mois ne peuvent recevoir certains soins non urgents qu'après accord préalable de la caisse d'assurance maladie. Ce dispositif devrait être étendu à tous les bénéficiaires d'AME, quelle que soit leur durée de résidence.

Régulièrement promise mais jamais réalisée, la réforme des règles d'attribution de l'AME aux ayants-droits est une condition *sine qua non* d'une maîtrise réelle des coûts liés à ce dispositif.

3/ Faire partout la chasse aux économies

3.1 Les propositions des "Vertus de l'équilibre" : toujours d'actualité

Mon précédent ouvrage intitulé *Les Vertus de l'équilibre ou l'anti-quoi qu'il en coûte*, publié en 2020, reprenait le vieil adage : « Les petits ruisseaux font les grandes rivières ». En effet, les grandes réformes (retraites, assurance chômage, assurance maladie, etc.) sont nécessaires pour rétablir durablement les comptes publics. Il est non moins indispensable, cependant, que l'administration s'applique une véritable culture de la rigueur dans la gestion de l'argent public, de façon à réaliser des économies partout où cela est possible. Les gisements d'économies ne manquent pas et je citais, entre autres, des exemples d'économies qui restent aujourd'hui d'actualité. Je souhaite les rappeler ici succinctement.

Je commençais par les dépenses ministérielles dites « protocolaires », qui regroupent les frais de déplacement et de réception, les campagnes de communication et les relations publiques du Gouvernement. Elles sont les plus symboliques de l'absence de rigueur dans la gestion de nos dépenses. Sur les dernières années, ces dépenses de réception et de communication s'établissent à plus de 1,3 milliard par an. Loin d'être négligeable, ce montant pourrait être ramené à un étiage plus raisonnable, qui plus est en période de disette budgétaire. Cette information n'a pas été facile à obtenir. Certains pensent qu'un parlementaire dispose naturellement de toutes les informations qu'il souhaite, quel que soit le sujet ou le domaine. En fait, le parlementaire, censé dans ses missions contrôler l'action du Gouvernement, a souvent beaucoup de difficultés pour recueillir les données indispensables à un travail efficace. Pour ces dépenses dites protocolaires, j'ai dû faire appel à la commission des finances du Sénat qui s'est elle-même appuyée sur la Cour des comptes pour finalement m'indiquer le montant annuel moyen. En ajoutant que cette dernière institution n'avait pas jugé bon d'analyser ces dépenses en 2019 et 2020. Compte tenu de leur montant substantiel, la bonne méthode pour comprimer ce type de dépenses non obligatoires serait de diviser par deux leur montant lors du vote du budget, en permettant aux ministres qui seraient très gênés en cours d'année de pouvoir obtenir, le cas échéant, une rallonge. S'il y a un peu moins de spots publicitaires gouvernementaux à la télévision, on ne s'en portera pas plus mal. Et si les ministres invitent un peu moins à déjeuner ou à dîner, on ne pourra s'en porter que mieux également. À noter que les dépenses de communication atteignaient à elles seules environ 250 millions , dont 55 millions par an pour les Armées. C'est énorme et cela mériterait vraiment une analyse approfondie de la Cour des comptes, afin de décider ensuite de vraies économies.

Un autre exemple était donné avec l'indemnité de résidence à l'étranger (IRE) des diplomates et militaires qui représente en moyenne 42 % de leur rémunération. Son calcul, extrêmement complexe, est une véritable « usine à gaz ». L'IRE prend en compte la disponibilité des agents (la nuit, les week-ends, les jours fériés), l'éloignement, les contraintes sécuritaires et sanitaires quotidiennes, les sujétions inhérentes à l'expatriation du conjoint et de ses enfants. Le montant de l'IRE varie en fonction de l'emploi occupé (18 groupes), du niveau de difficulté de la zone (3 zones) et du lieu d'affectation (242 grilles). Le mode de fixation du montant des IRE n'est que très vaguement connu par les agents eux-mêmes, et ses variations sont très mal comprises. Il s'avère que les montants réellement versés sont très différents des valeurs théoriques calculées par la direction du budget, à Bercy, à partir de « l'usine à gaz » décrite ci-dessus. Les montants versés sont en moyenne supérieurs de 25 % aux montants « théoriques ». La correction de cette anomalie aurait pu se faire de façon progressive à chaque changement de poste comme je l'avais suggéré dans un rapport. Il n'en a malheureusement rien été. Depuis 2020, rien n'a changé et l'économie possible de 9 millions par an n'a pas été réalisée.

Je rappelais à l'époque que le coût mensuel moyen d'un diplomate en poste à l'étranger s'élevait à 12 711 euros brut. Un consul général percevait entre 10 000 et 10 500 euros brut et un chef de poste diplomatique entre 16 000 et 17 000 euros en moyenne. Des ambassadeurs qui touchent plus que le président de la République et le Premier ministre (15 140 euros par mois), c'est tout de même surprenant.

Je dénonçais, en outre, le fait que l'IRE ne soit pas soumise à l'impôt sur le revenu, conduisant ainsi à un avantage substantiel. Au total, le coût fiscal de l'IRE était estimé dans une fourchette de 100 à 150 millions par an. Or, l'absence de fiscalisation de l'IRE pourrait se justifier si cette indemnité couvrait des dépenses réelles, justifiées par des pièces comptables, comme cela existe pour d'autres indemnités. Mais dans la mesure où l'IRE est forfaitisée et ne fait l'objet d'aucune justification de dépenses, on s'étonne de son absence de fiscalisation. J'ai fait adopter par le Sénat un amendement sur ce sujet lors de l'examen (mouvementé) du budget 2025 qui m'a valu une volée de bois vert des intéressés, mais aussi de certains de mes collègues, ce qui m'a plus étonné. Cet amendement n'a pas été retenu dans le texte final après discussion avec l'Assemblée nationale.

Autre exemple : la gestion dispendieuse de l'Agence française pour le développement (AFD) est, elle aussi, symptomatique du désintérêt de l'administration française pour une saine gestion des deniers publics. Comment ne pas être favorable à l'aide au développement et à la solidarité internationale ? En France, c'est à la fois une tradition, une nécessité et une cohérence par rapport à la politique étrangère et de coopération internationale ambitieuse que nous menons depuis de nombreuses années. Établissement public de l'État à caractère industriel et commercial, l'AFD est l'opérateur pivot de la mise en œuvre de la politique française de coopération en faveur du développement. Cet établissement public s'autofinance en grande partie grâce à son activité de prêts, et reversait, même jusqu'à présent, à l'État, son actionnaire, quelques millions de dividendes chaque année. Les objectifs poursuivis sont toujours d'augmenter les aides accordées et même de remplacer une partie des prêts en subventions, ce qui n'a pas les mêmes conséquences en matière budgétaire. Les prêts (à taux très bas) sont en général remboursables alors que les subventions sont à fonds perdus.

L'aide au développement devrait être concentrée sur un nombre restreint de pays prioritaires, à savoir les pays les plus pauvres (mettons les 20 % les plus pauvres) et les pays à forte émigration vers la France (il doit y en avoir une quinzaine tout au plus). Pour les autres pays, je considère qu'il ne devrait y avoir aucune aide. Or, l'agence a mis en place 83 implantations (!) dans le monde (en Chine, en Turquie, en Afrique du Sud…). Conséquence : les frais de fonctionnement, et notamment les frais de personnel de l'agence, se sont envolés. Les effectifs de l'AFD ont augmenté ces cinq dernières années de 875 agents passant de 1 870 à 2 745. Des agents fort bien payés, car le coût salarial moyen par agent s'établit à 104 000 euros par an, soit plus de 8 500 euros par mois. Les frais de personnel ont progressé en conséquence de près de 10 % par an et les frais administratifs de 25 % en cinq ans. À ce rythme, il ne faut pas s'étonner que les fonds propres de l'agence aient diminué d'environ 250 millions fin 2020. Pour faire face à cette diminution et à l'augmentation de l'activité de l'agence, l'État a ainsi été contraint d'augmenter en 2021 le capital de l'AFD de 953 millions – une paille ! –, prévoyant même la possibilité, grâce à un amendement de dernière minute, de l'augmenter encore de 500 millions.

En plein « quoi qu'il en coûte », tout cela est bien sûr passé inaperçu. Dans le même temps, on apprenait la décision du conseil d'administration, présidé par une haut fonctionnaire se réclamant ouvertement de gauche, Laurence Tubiana, de s'offrir un nouveau siège à Austerlitz pour plus d'un milliard ! Un milliard pour 50 000 m^2, c'est plus de 20 000 euros le m^2 en plein cœur de Paris. Pourquoi le Gouvernement a-t-il accepté cette dépense de prestige au moment même où il sollicitait largement les contribuables pour renflouer l'agence ? Pourquoi ne pas avoir choisi la banlieue ou la province pour héberger cette agence à un coût bien moindre pour les finances publiques ? Ajoutons que les besoins de l'AFD sont d'environ 30 000 m^2 sur ce total de 50 000 m^2. Quid des 20 000 m^2 excédentaires ? On ne sait toujours pas aujourd'hui à quoi ils vont servir ! De surcroît, la maturité digitale amplifiée par la crise Covid modifie le comportement des acteurs économiques et sociaux et leurs besoins en bureaux : le télétravail et le travail à distance se développent et nécessiteront à l'avenir moins de bureaux.

L'AFD est, par sa nature administrative, complètement dans le champ de ceux qui doivent repenser leur mode de fonctionnement au regard de cette évolution des pratiques de travail. L'anticipation aurait dû être de mise et visiblement, cela n'a, une fois de plus, pas été le cas. Enfin, l'argent public dédié à l'agence devrait aller uniquement à l'aide au développement, et non à l'hébergement fastueux de ses salariés. Preuve s'il en fallait que l'on peut être « de gauche » et avoir des goûts de luxe, y compris dans le domaine de l'aide au développement ! Aux frais, bien entendu, des contribuables.

Enfin, j'attirais dans ce précédent livre l'attention sur des mesures générales de nature à limiter les dépenses et à mettre un terme notamment la boulimie légale et normative, celle-ci entraînant immanquablement de nouvelles dépenses, en fixant le principe de suppression de deux lois ou normes à chaque nouvelle loi ou norme votée ou adoptée. Je préconisais aussi qu'aucune étude ne soit désormais réalisée par des fonctionnaires, sauf autorisation expresse du ministre (trop « d'études » occupent les fonctionnaires dont les rapports terminent dans un tiroir !). De même, si des progrès ont été réalisés en matière d'administration électronique, il est encore possible d'aller plus loin en encourageant les démarches administratives en ligne (en particulier dans les secteurs de l'éducation et de la santé).

3.2 L'éducation ou la règle du toujours plus

3.2.1 Toujours plus d'argent

La Cour des comptes, comme souvent, fait une excellente analyse du budget 2024 de l'Éducation nationale[19]. Elle constate, une nouvelle fois, des crédits en forte hausse. Les dépenses de la mission Enseignement scolaire en 2024 se sont élevées à 86,4 milliards, en hausse de 5,6 % (soit 4,61 milliards supplémentaires) par rapport à 2023, notamment du fait de l'extension en année pleine des différentes revalorisations de salaires intervenues en 2023. Elle souligne, sur les crédits de formation, un écart de 1,2 milliard entre les prévisions budgétaires et les montants réellement engagés. Cet écart insincère n'avait pas échappé au Sénat, qui avait adopté un amendement pour le supprimer. Malheureusement, le Gouvernement n'a pas souhaité maintenir dans le texte final cette « économie » (qui n'en est pas vraiment une, dans la mesure où ces crédits ne sont pas dépensés !). La Cour note qu'en l'absence de réforme de fond, les marges de manœuvre sont très réduites, car plus de 92 % de ce budget est consacré aux rémunérations du personnel enseignant et non enseignant.

Les 1 075 249 emplois équivalents temps plein représentent plus de la moitié du total des emplois autorisés pour le budget de l'État. Le principal enjeu est donc le pilotage de la masse salariale et la gestion des ressources humaines dans un contexte complexe alliant :

- une baisse tendancielle des effectifs d'élèves ;
- des mesures de revalorisation salariale ;
- une crise d'attractivité du métier d'enseignant, entraînant notamment une réduction des recrutements par la voie des concours et un recours croissant à des agents contractuels ;

---

[19] Cour des comptes, *Analyse de l'exécution budgétaire 2024. Mission interministérielle Enseignement scolaire*, avril 2025, 119 p.

- un accroissement des dépenses en faveur de l'inclusion scolaire des élèves en situation de handicap. La dépense en faveur de l'école inclusive continue de croître (+ 11 % en 2024) pour atteindre 2,96 milliards. Cette somme est presque intégralement consacrée à la rémunération des accompagnants d'élèves en situation de handicap (AESH), dont les effectifs connaissent une augmentation continue.

En 2024, l'enquête TIMSS a de nouveau montré que le niveau des élèves français était sous la moyenne européenne. Pour faire face à cet enjeu, les actions engagées par le ministère de l'Éducation ont connu plusieurs évolutions en 2024, notamment l'accueil de 8 à 18 heures des élèves au sein des quartiers prioritaires de la politique de la ville, la prise en charge de l'accompagnement humain des élèves en situation de handicap durant le temps de pause méridienne et une montée en puissance de l'innovation pédagogique.

Par ailleurs, la Cour des comptes note que le dispositif d'évaluation de performance s'est amélioré, mais que de nombreux indicateurs relèvent toujours d'une logique de moyens et non de résultats. À rebours de l'esprit de la loi régissant la gestion financière de l'État (LOLF), ce dispositif de performance n'est que faiblement mobilisé pour le pilotage de la mission Éducation.

La Cour identifie toutefois quelques pistes d'amélioration et d'économies. Notamment, elle propose de clarifier l'affectation des crédits en reclassant certaines dépenses (psychologues scolaires, par exemple) dans les bons programmes pour améliorer la transparence et la gestion, de rationaliser certains dispositifs pédagogiques, de réévaluer l'impact et le coût du Pacte enseignant, de mieux cibler les heures supplémentaires, et de réduire les enveloppes peu utilisées comme certains fonds d'innovation.

Elle propose également d'augmenter l'autonomie des recteurs, en particulier sur les compétences de recrutement, et de tenir compte systématiquement du niveau des élèves et des contraintes socio-économiques locales dans l'allocation des moyens aux établissements.

La Cour attire enfin l'attention sur un rapport des inspections générales des finances et de l'éducation proposant trois pistes pour rationaliser la répartition des moyens : la fermeture de classes dont les effectifs sont trop réduits, le relèvement des seuils de dédoublement de classe en éducation prioritaire et la réduction du nombre d'établissements.

3.2.2 Des résultats qui se dégradent

La Cour des comptes, comme tant d'autres, a relevé la baisse du niveau des élèves en France, qui contraste avec les moyens toujours plus importants consacrés à l'Éducation. Denis Ferrand, directeur général de l'Institut Rexecode, dans une récente chronique parue dans *Les Echos*, a mis en lumière les problèmes d'ensemble du budget de l'Éducation nationale.

Ecoutons-le longuement : « La difficulté que nous éprouvons depuis longtemps à transformer en résultats tangibles les moyens nouveaux attribués à la mission d'éducation devrait, en cette année hyper tendue, animer la discussion budgétaire [...] Nous disposons depuis 2000 grâce au Programme International pour le suivi des acquis des élèves (PISA) de l'OCDE d'un outil irremplaçable pour situer le niveau de performance de notre système éducatif. Il teste les compétences des élèves de 15 ans et nous situait à la 14e place en lecture en 2000, seulement à la 29e en 2023 ; à la 9e place en mathématiques en 2000, à la 26ème en 2023 ; en sciences, nous sommes restés stables (24e/26e). [...] Cette contre-performance est-elle strictement affaire de moyens ? De prime abord, pas nécessairement. En tenant compte des critères de l'OCDE, la dépense éducative de la France était de l'ordre de 5,4 % de son PIB en 2021, nous situant un peu au-dessus de la moyenne des autres pays (4,9 %). Deux modulations doivent cependant être apportées. La population en âge de scolarisation est bien plus importante en France : les personnes comprises entre les deux bornes d'âge de la scolarité obligatoire représentent 16,7 % de la population totale. C'est 14,4 % dans l'UE en moyenne. Ensuite, la dépense publique d'éducation intègre les pensions de retraite des personnels de l'éducation nationale et notamment une subvention implicite de l'État qui vise à couvrir le déséquilibre démographique entre salariés et retraités. L'Institut des politiques publiques a estimé à 0,4 point de PIB l'impact de cette subvention qui pèse sur le budget de l'éducation nationale sans être stricto sensu une dépense d'éducation. Double conséquence de ces deux modulations, la dépense par élève, pour le seul niveau primaire et corrigé de cette subvention, est inférieure de 19 % à celle de l'OCDE. Et la rémunération nette d'un professeur agrégé débutant a perdu près de 40 % relativement au SMIC en l'espace de 30 ans [...]. Une première étape pour bien saisir l'enjeu des moyens déployés au service de l'éducation pourrait consister à communiquer, à l'instar de ce qui est fait pour les dépenses militaires, sur ce qui relève strictement de la dépense publique "active" d'éducation plutôt que sur une masse globale de dépenses qui mêle les pensions et les moyens dédiés strictement à l'éducation des élèves[20]. »

3.2.3 Malgré tout, faire plus avec un peu moins

Comme l'hôpital, l'école souffre d'une sur-administration comparativement aux autres pays européens et donc de moyens

[20] D. Ferrand, « L'équation budgétaire de la rentrée scolaire », Les Echos, 25 août 2025, p. 9.

exorbitants qui ne sont pas directement consacrés à l'enseignement.

Mon collègue Olivier Paccaud, sénateur de l'Oise, rapporteur du budget de l'Éducation à la commission des finances, a examiné cette situation aussi précisément que possible compte tenu des informations disponibles, souvent trop limitées malheureusement. Dans ce domaine encore, on a beaucoup d'administration et finalement peu d'informations. C'est le paradoxe français. Le sénateur Paccaud recommande malgré tout quelques améliorations :

- moduler davantage le système de répartition des personnels administratifs entre académies afin de tenir davantage compte des évolutions démographiques ;
- inclure dans les documents budgétaires un récapitulatif des emplois et des coûts relatifs à chaque filière au sein de la catégorie des personnels administratifs, techniques et de service ;
- et, ce n'est pas la moindre de ses recommandations, aligner le temps de travail effectif sur le régime de droit commun de la fonction publique en supprimant une circulaire de 2002 permettant aux personnels administratifs, techniques, de santé et sociaux un temps de travail plus réduit.

Les personnels qui travaillent dans les administrations déconcentrées du ministère (20 % des personnels sont en poste dans un rectorat, 13 % dans des services départementaux) exercent des missions de gestion des ressources humaines, de gestion budgétaire, de direction et de pilotage des politiques publiques. Ils peuvent aussi contribuer à l'organisation de l'enseignement et de la formation ou faire partie du service des affaires juridiques. Ces personnels exercent clairement des fonctions support que le ministère qualifie souvent de fonctions d'encadrement. Il serait mieux, pour la clarté du débat, de ne pas reprendre ces termes inappropriés qui viennent du ministère de l'Economie.

En l'occurrence, selon le ministère, les 12 millions d'élèves font l'objet d'un « encadrement » du personnel administratif, qui est chargé de concevoir les emplois du temps, de gérer l'attribution des bourses ainsi que les frais de restauration. La gestion des emplois du temps ou encore des salles de classes est chronophage toute l'année. Pour information, 810 474 collégiens et 599 630 lycéens ont reçu une bourse en 2023-2024.

Les deux tiers des personnels administratifs sont en poste en établissement scolaire. Mais il y aurait quand même 1 185 personnes qui travaillent pour des opérateurs du ministère de l'Éducation nationale (Canopé ou Centre national d'enseignement à distance, par exemple) en étant détachées, c'est-à-dire toujours pris en charge par l'Éducation nationale. Ces chiffres intègrent également les personnes en congé pour convenance personnelle ou en détachement dans d'autres administrations. Mais aucune information plus détaillée n'a été fournie par le ministère. Le personnel en détachement mériterait une analyse approfondie. Il semble bien qu'une partie de ces 1185 personnes - mises à disposition de différents organismes dont l'utilité et l'efficacité pourraient largement être réinterrogées - pourraient être réaffectées, permettant ainsi des économies substantielles. Il conviendrait donc de faire un balayage systématique des différents comités internes à l'Éducation nationale qui phagocytent des moyens importants, avec des intitulés pompeux mais souvent creux sur la laïcité, l'inclusion, l'égalité, et j'en passe : moins de réunions, plus de réalisme et d'actions par une responsabilisation des chefs d'établissement plutôt que par des missions rectorales.

L'importance du personnel administratif à l'Éducation nationale tient aussi à la complexification des missions liée en partie à la modernisation de la fonction de gestion des ressources humaines, impliquant un suivi plus fin et plus personnalisé des agents. La mise en œuvre de nouveaux logiciels (de comptabilité notamment) a également contribué à cette complexification. À terme, l'objectif est évidemment une simplification des missions, ainsi qu'un meilleur suivi de la gestion budgétaire et financière des établissements scolaires. Il serait temps de s'y mettre rapidement et d'éviter l'effet « complexification » provenant aussi de la profusion de réformes qui ont touché l'Éducation nationale ces dernières années. On peut citer par exemple la réforme du master Métiers de l'enseignement, de l'éducation et de la formation (MEEF), c'est-à-dire de la formation initiale des enseignants, décidée en 2020, et qui a fait l'objet de nouvelles annonces du président de la République l'an dernier. La mise en œuvre des groupes de besoin, qui a impliqué de trouver trois classes et de préparer trois emplois du temps pour deux classes, constitue une autre illustration des réformes nombreuses décidées souvent très rapidement et sans concertation par les ministres successifs. Les personnels chargés de mettre en œuvre ces réformes sont forcément très touchés par ces nombreux changements. Une pause s'impose. Le contexte politique actuel, plutôt fortement perturbé, pourrait être propice à sa mise en œuvre effective.

Dans cette recherche d'économies et d'efficience sur la gestion administrative, il conviendrait d'aller au bout de la logique de fusion des académies et des rectorats. Décidée en 2018 pour harmoniser l'organisation de l'Éducation nationale avec les nouvelles régions mises en place en 2015, elle devait entraîner le passage de 26 à 13 académies sous la houlette des recteurs de Région. À ce jour, les administrations des rectorats et des académies n'ont pas toutes été fusionnées et des doublons subsistent. Avec, à la clé, des dépenses qui, elles aussi, doublonnent et une administration qui plastronne ! Ainsi, une fois achevée la fusion des rectorats, une rationalisation des emplois serait à mettre en œuvre afin de libérer des postes en renvoyant des enseignants devant les élèves.

Dans l'Éducation, comme ailleurs, devrait être instituée une plus grande rigueur dans le suivi de la gestion des ressources humaines, en particulier grâce à un meilleur contrôle des indemnités pour mission particulière (IMP) versées aux enseignants chargés d'une mission spécifique. L'amélioration du suivi de ces IMP pourrait engendrer, selon mon collègue sénateur du Nord Guislain Cambier, une économie annuelle de l'ordre de 600 millions. De même, un suivi particulier des missions affectées devrait être mis en place. Les IMP et les pactes sont distribués, mais pour quels effets ? Allons au bout, revoyons les missions et les temps des enseignants, en intégrant des variables selon les disciplines, qui n'ont pas la même charge de suivi, de correction. Par exemple, un enseignant d'EPS n'a pas de copies à corriger et il choisit son emploi du temps car il a la main sur la disponibilité des installations.

La rigueur pourrait également être plus grande dans le suivi de l'absentéisme. Globalement, en la matière, pour ne pas faire de vague, on ne fait rien. C'est plus simple. Les enseignants dont la justification de l'absence est insuffisante, voire inexistante, sont certes convoqués par l'administration, mais aucune sanction n'est prononcée. Autant dire que le sentiment d'impunité est largement répandu. Il serait vraiment bon de connaître combien de procédures disciplinaires pour absentéisme sont engagées chaque année et quels en sont les résultats. Bref, là encore, des informations qui manquent cruellement…

Enfin, *last but not least*, il serait temps de s'interroger sur l'utilité de modifier en permanence les programmes. De nombreuses personnes travaillent en permanence, au Conseil supérieur des programmes (CSP) ou ailleurs, à proposer des rajouts, des compléments à des programmes déjà bien chargés (à titre anecdotique, en quoi l'étude du royaume du Monomotapa est-elle indispensable ?). Une pause de cinq ans avec des programmes inchangés faciliterait sans doute la vie et le travail des enseignants, et permettrait de réaffecter le personnel concerné sur des tâches opérationnelles au bénéfice de l'instruction de nos enfants.

Le tableau de bord suivant, très utile, devrait servir de référence et de boussole pour tous les décideurs en matière d'Éducation nationale.

Effectifs enseignants et élèves

	2015	2016	2017	2018	2019	2020	2021	2022	2023	2024	2025
Elèves du 1er degré (en millions)	5,51	5,55	5,60	5,62	5,65	5,66	5,65	5,65	5,66	5,64	5,63
Elèves du 2nd degré	6,73	6,72	6,69	6,65	6,60	6,51	6,43	6,37	6,28	6,22	6,13
Total élèves	12,24	12,27	12,29	12,27	12,25	12,17	12,08	12,02	11,94	11,86	11,76
Enseignants du 1er degré (en milliers)	365	369	373	375	374	376	374	371	369		
Enseignants du 2nd degré	482	487	492	492	489	490	486	483	483		
Total enseignants	847	856	865	867	863	866	860	854	852		

Classes du premier degré

	2013	2014	2015	2016	2017	2018	2019	2020	2021	2022	2023
Public	246 274	247 731	248 635	249 172	251 395	251 052	254 358	256 491	257 039	256 999	255 662
Privé sous contrat	34 148	34 124	34 811	34 733	35 221	34 975	35 022	35 186	34 865	34 721	34 484
Public + Privé	**280 422**	**281 855**	**283 446**	**283 905**	**286 616**	**286 027**	**289 380**	**291 677**	**291 904**	**291 720**	**290 146**

Classes du second degré

Secteur	*Type d'établissement*	2015	2016	2017	2018	2019	2020	2021	2022	2023	2024
PUBLIC	Collège	106 697	106 176	106 694	106 919	107 272	107 539	107 313	106 944	106 857	106 312
	LP	18 929	18 909	18 634	18 459	17 989	17 942	17 931	18 084	17 821	17 976
	LEGT	58 862	60 412	62 005	62 334	61 920	61 435	62 112	62 397	62 892	62 951
	Erea	904	889	886	892	880	872	866	861	868	883
	Total	**185 392**	**186 386**	**188 219**	**188 604**	**188 061**	**187 788**	**188 222**	**188 286**	**188 438**	**188 122**
PRIVE SOUS CONTRAT	Collège	25 877	25 859	25 974	26 000	26 077	26 168	26 148	26 246	26 241	26 246
	LP	4 870	4 800	4 789	4 603	4 491	4 467	4 449	4 392	4 334	4 354
	LEGT	16 715	16 961	17 146	17 419	17 220	17 068	17 222	17 352	17 415	17 367
	Erea	12	13	14	14	14	14	14	14	6	14
	Total	**47 474**	**47 633**	**47 923**	**48 036**	**47 802**	**47 717**	**47 833**	**48 004**	**47 996**	**47 981**
PUBLIC + PRIVE SOUS CONTRAT	Collège	132 574	132 035	132 668	132 919	133 349	133 707	133 461	133 190	133 098	132 558
	LP	23 799	23 709	23 423	23 062	22 480	22 409	22 380	22 476	22 155	22 330
	LEGT	75 577	77 373	79 151	79 753	79 140	78 503	79 334	79 749	80 307	80 318
	Erea	916	902	900	906	894	886	880	875	874	897
	Total	**232 866**	**234 019**	**236 142**	**236 640**	**235 863**	**235 505**	**236 055**	**236 290**	**236 434**	**236 103**

3.3 Énergie : des économies en étant plus pragmatiques

L'énergie, c'est la vie ! Elle est indispensable à chacun d'entre nous, et elle est fondamentale pour nos entreprises et notre économie. Actuellement, nous consommons principalement des énergies fossiles (pétrole, gaz, charbon) à hauteur de 70 % et de l'électricité à hauteur de 25 %. Ce « mix » actuel a deux inconvénients majeurs. Premier inconvénient : comme nous ne produisons pas ou très peu d'énergies fossiles, nous n'avons d'autre choix que de les importer. Cela nous coûte cher et nous rend dépendants des pays producteurs. Second inconvénient : pour lutter contre le dérèglement climatique, il nous faut décarboner notre consommation d'énergie. Or, les énergies fossiles émettent beaucoup de carbone. Notre électricité est, elle, largement décarbonée grâce au nucléaire.

La solution consisterait à transformer nos modes de consommation afin d'augmenter la part d'électricité et réduire les énergies fossiles (ces changements d'usage nécessitent des investissements importants souvent soutenus par l'État), tout en produisant parallèlement plus d'électricité. Poussés en ce sens par l'Union européenne d'une façon parfois démesurée et irréaliste, nous avons décidé, depuis le début des années 2000, de développer fortement les énergies dites « renouvelables » (en fait « intermittentes » car dépendantes du vent et du soleil) en leur donnant la priorité sur le nucléaire (les pro-renouvelables étant souvent anti-nucléaires) et en garantissant aux producteurs (souvent étrangers) des prix élevés. Ces priorités et garanties accordées aux énergies renouvelables intermittentes ont coûté cher à l'État (et donc aux contribuables) mais aussi aux consommateurs avec des prix de l'électricité qui ont crû fortement ces dernières années alors que, jusque-là, nous bénéficiions d'un prix très compétitif grâce au nucléaire.

Si donc l'on recherche donc à la fois des économies sur les dépenses publiques et une meilleure compétitivité de notre économie, il nous faut absolument regarder du côté de la production d'électricité.

Les investissements nécessaires se chiffrent en centaines de milliards sur des dizaines d'années. Dans ces conditions, aucune entreprise privée ne se lancera dans ce type d'investissement. C'est logiquement à la sphère publique au sens large (État et entreprises publiques) d'assumer le coût de ces choix de long terme. Dans notre recherche d'économies budgétaires, l'enjeu n'est pas ici, s'agissant d'investissements, d'en réaliser à court terme, mais plutôt d'éviter dès le départ des erreurs stratégiques qui pourraient nous coûter très cher à plus long terme.

Notre politique énergétique basée sur la programmation de la production d'énergie (PPE) en a déjà fait beaucoup, au détriment tout particulièrement du nucléaire : arrêt de Superphénix, fermeture de la centrale de Fessenheim qui pouvait encore fonctionner de nombreuses années à bas coût (car déjà amortie) et programmation de treize autres fermetures (heureusement non mises en œuvre), soutien fort et massif des producteurs d'énergies renouvelables intermittentes. Et ainsi de suite...

Pour optimiser nos investissements, il faut bien choisir les critères de choix. En la matière, ces critères devraient être fixés à partir des trois interrogations suivantes :

1. Quel est le mode de production qui produit le moins de carbone ?
2. Quel est celui qui revient le moins cher au MWh produit ?
3. Lequel favorise le plus l'économie et les emplois dans notre pays ?

Sur cette base, et de la façon la plus objective possible, sans opposer les modes de production les uns aux autres, il est clair que l'hydroélectricité (électricité produite à partir des cours d'eau et des barrages) et l'électricité d'origine nucléaire semblent sortir du lot. Elles permettent de développer un savoir-faire français, elles n'émettent que peu de carbone et leur prix de revient demeure raisonnable (avec, toutefois, une attention particulière sur l'évolution du prix du nouveau nucléaire). En comparaison, les énergies renouvelables intermittentes (photovoltaïque et éolienne) nécessitent l'importation de matériels, de Chine et d'Allemagne notamment, elles produisent davantage de carbone et reviennent plus cher.

Le débat sur la question, présentée comme évidente, de la complémentarité entre énergie nucléaire et énergies renouvelables revient souvent sur le devant de la scène. C'est un non-sujet dans la plupart des pays où la proportion d'électricité d'origine nucléaire est telle que même une production renouvelable élevée n'empêche pas de faire tourner les centrales nucléaires en continu, au maximum de leur capacité. Mais tel n'est pas le cas en France.

Même si la modulation du parc nucléaire est bien antérieure au développement des énergies renouvelables, son ampleur n'est pas compatible avec le parc existant, pour des raisons physiques et économiques, et encore moins avec les futurs réacteurs de puissance. Si la France fait le choix d'investir dans de nouveaux réacteurs de puissance, elle ne pourra à la fois avoir une demande des consommateurs bridée par la fiscalité, beaucoup de renouvelables et un nucléaire exploité de manière optimale, donc compétitive.

Dans ces conditions, les choix d'investissements à réaliser apparaissent plus simples. Priorité absolue doit être donnée à l'hydroélectricité et au nucléaire. En matière hydraulique, quelques investissements permettant d'augmenter la production et de stocker l'électricité de façon à l'utiliser en fonction des besoins sont sans doute les plus rentables à court terme, comme ceux qui permettraient de renforcer les centrales nucléaires de 900 MW (les moins puissantes actuellement) et de prolonger la durée de vie des centrales existantes de 40 à 60 voire 80 ans. Au-delà, le plus

« rentable » serait d'investir dans la relance de la filière nucléaire à travers la construction de quatorze EPR2 et de réinvestir la 4e génération (le nucléaire durable ou la fermeture du cycle). Pour y parvenir, il faut également, à court terme, remettre à niveau et moderniser l'usine de retraitement des déchets nucléaires de la Hague.

Bien sûr, en complément, lorsque l'hydraulique et le nucléaire ne suffisent pas à couvrir la consommation, il importe de prévoir une production par les renouvelables intermittentes (EnRi) et des centrales au gaz vert. Mais surtout pas, comme le prévoit la programmation de l'Énergie préparée par l'administration, une multiplication par cinq du solaire, par deux de l'éolien terrestre et par trente-sept de l'éolien en mer d'ici 2035. Sans aucune évaluation rationnelle et malgré les avertissements répétés des experts sur les risques de *blackout* et d'instabilité de notre réseau engendrés par ces choix.

En fait, il conviendrait d'évaluer le plus justement possible les perspectives d'évolution de la consommation électrique. Ces données essentielles manquent souvent : les objectifs de consommation totale en énergie finale ne sont pas vraiment argumentés, les objectifs de consommation ne sont toujours pas répartis par secteurs (bâtiment, transports, agriculture, industrie), il n'y a aucun bouclage technique entre la demande et l'offre d'énergie sur l'ensemble du mix, l'électrification des usages de l'énergie n'est pas clairement chiffrée. Bref, les projets de production d'électricité se présentent comme un empilement de solutions sans vision globale, si ce n'est un soutien idéologique non justifié aux énergies renouvelables intermittentes.

Pour limiter les dépenses publiques, le soutien aux filières de production par le biais notamment des contrats de garanties de prix doit être limité au strict minimum. Le Comité de gestion des charges de service public de l'électricité (CGCSPE) a récapitulé les puissances et soutiens apportés à la production des différentes filières [voir encadré ci-après] :

Le CGCSPE note que la puissance totale engagée[4] en 2023 ainsi que le tarif de soutien moyen s'élèvent respectivement à :

- 6 481 MW et 110,2 €/MWh pour le photovoltaïque (PV) hors autoconsommation dont :
  - 4 274 MW et 124,2 €/MWh pour le PV sur bâtiment.
  - 2032 MW et 83 €/MWh pour le PV au sol.
  - 176 MW et 84,5 €/MWh pour le PV innovant.
- 1 477 MW pour le photovoltaïque en autoconsommation.
- 2 351 MW et 85,4 €/MWh pour l'éolien à terre.
- 1 000 MW et 44,9 €/MWh pour l'éolien en mer.
- 13 MW et 95,5€/MWh pour l'hydroélectricité.
- 1 043 GWh PCS/an et 153,9 €/MWh pour le biométhane injecté.

Le coût de ces soutiens se retrouvant dans le prix de l'électricité payé par tout un chacun. Ce prix a déjà augmenté de 120 % entre 2011 et 2023. Et le coût pour les finances publiques est reparti à la hausse : 4,3 milliards prévus en 2025 (voir graphique ci-dessous) après la diminution nette en 2022 et 2023 liée à la hausse des prix lors de la crise énergétique. En effet, plus les prix augmentent et moins le coût de la garantie est élevé. Inversement, plus les prix sont bas et plus le coût de la garantie est élevé.

(en millions d'euros)

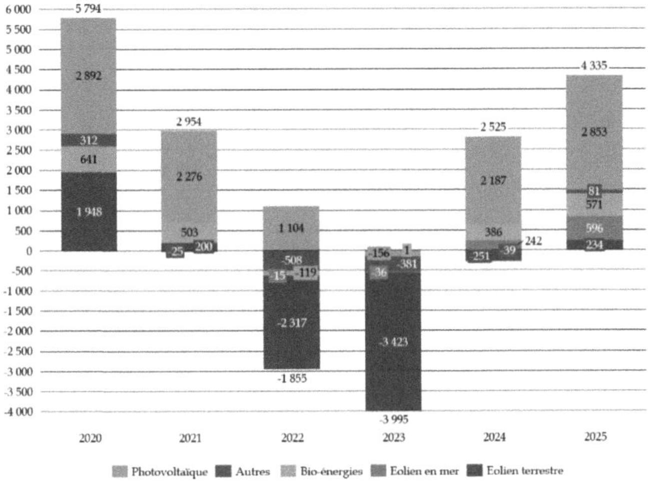

Source : commission des finances du Sénat d'après les délibérations de la CRE

Évolution des charges relatives au soutien à la production d'énergies renouvelables entre 2020 et 2025

Le tableau ci-après montre que les engagements à venir à fin 2024 sont chiffrés par ce même comité (CGCSPE) entre 59 et 114 milliards d'euors en fonction des hypothèses d'évolution du prix de gros de l'électricité. L'adoption de la nouvelle programmation de l'énergie envisagée début 2025 pourrait entraîner des surcoûts allant jusqu'à 145 milliards ! Ces sommes considérables méritent, à tout le moins, réflexion…

Mds€$_{2024}$[57]	Engagements pris à fin 2024			Surcoût PPE3 objectifs bas			Surcoût PPE3 objectifs haut		
	Prix de gros bas	Prix de gros médians	Prix de gros hauts	Prix de gros bas	Prix de gros médian	Prix de gros hauts	Prix de gros bas	Prix de gros médians	Prix de gros hauts
Solaire photovoltaïque	**43**	**36**	**28**	47 (60)	34	19 (5)	76 (73)	57	32 (6)
Eolien à terre	**15**	**7**	**-3**	22 (16)	6	-12 (-20)	28 (22)	8	-16 (-15)
Eolien en mer[58]	**21**	**14**	**6**	25 (7)	-7	-47 (-39)	25 (7)	-7	-47 (-39)
Biométhane injecté[59]	**21**	**19**	**17**	5 (29)	4	4 (21)	11 (29)	9	8 (21)
Autres	**14**	**13**	**11**	5 (3)	3	0 (1)	5 (3)	3	0 (1)
Total	**114 (106)**	**89**	**59 (37)**	**103 (114)**	**40**	**-36 (-32)**	**145 (133)**	**69**	**-23 (-28)**

Coûts et surcoûts des engagements liés au soutien à la production d'énergie (fin 2024 et PPE3)

« En ralentissant le rythme des renouvelables, on pourrait économiser 50 milliards , une somme significative au regard des besoins actuels », admet un familier du dossier.

Pour atteindre la neutralité carbone en 2050, la priorité est aujourd'hui, outre une vraie relance du nucléaire, de décarboner les secteurs les plus émetteurs (industrie, transports, bâtiment), notamment en favorisant la sobriété énergétique et l'électrification des usages dans ces domaines. La baisse de la consommation d'électricité, constatée au cours des dernières années, permet de disposer du temps nécessaire pour reprendre la procédure d'élaboration de la programmation de l'énergie sur de bonnes bases.

3.4 La coûteuse inflation des agences et opérateurs de l'État

Le budget des agences et opérateurs de l'État interpelle souvent. À juste titre. Leur périmètre exact est déjà difficile à définir, mais les taux annuels de progression de leurs dépenses surprennent, et l'on s'interroge sur la façon de les contraindre à plus de rigueur.

Un chef d'entreprise, Pierre Danon, a réalisé une étude sur les comptes de 434 opérateurs de l'État œuvrant dans des domaines variés (culture, enseignement, recherche, etc.) et de 24 autorités indépendantes. Il souligne, tout d'abord, que certains opérateurs sont incapables de fournir leurs comptes à leur tutelle, d'où la proposition de supprimer (ou même simplement de menacer de supprimer) les financements publics à ces opérateurs pour les contraindre à le faire.

Il analyse, ensuite, l'évolution du financement public de ces opérateurs entre 2017 et 2023 : celui-ci est passé de 42 à 64 milliards (dont 33 milliards de subventions et 20 milliards de taxes affectées), soit une augmentation de 7,5 % par an. L'augmentation de 22 milliards correspond à hauteur de 10 milliards à de nouveaux opérateurs (tels que France Compétences). Plus de 20 opérateurs ont connu une croissance de leurs recettes supérieure à 10 % par an entre 2017 et 2023.

Par ailleurs, de 2017 à 2023, le budget des autorités indépendantes est passé de 342 à 430 millions, soit une hausse de 27 %.

Pierre Danon relève que les autorités de tutelle (souvent les ministères) n'assument que très partiellement leur rôle. Il n'y a pas de contrôle réellement effectif et les quelques fusions réalisées n'entraînent pas (ou très peu) d'économies sur le personnel ou les dépenses de fonctionnement.

En analysant les dépenses, il a remarqué : d'une part, que les dépenses dites d'intervention avaient bondi de 23 milliards entre 2017 et 2023 (en particulier celles de France Compétences) et que si l'on ramenait ces dépenses au niveau de 2020, cela dégagerait une économie de 10 milliards ; d'autre part, que les dépenses de personnel avaient augmenté de 3,5 % par an. Les recrutements ont atteint 5 400 emplois nouveaux par an. D'où la nécessité, pour lui, d'un gel des embauches et des rémunérations.

Pierre Danon recommande en outre un encadrement plus ferme des dépenses de fonctionnement (+ 7 % en moyenne par an). Il souligne que si on avait limité l'augmentation à 5 % par an (hausse déjà généreuse...), on aurait économisé 2,8 milliards en 2023.

Enfin, le chef d'entreprise propose de réintégrer au sein de l'État les activités redondantes ou injustifiées prises en charge par des tiers.

En 2025, le Sénat s'est lui aussi intéressé au sujet, par le biais d'une commission d'enquête sur les missions des agences, opérateurs et organismes consultatifs. Cette commission a récemment rendu ses conclusions. Le sujet était vaste, puisqu'il portait sur 334 opérateurs (entités les plus « importantes » par le nombre d'agents ou le budget géré), 1 153 agences et 317 organismes consultatifs – trois familles aux contours juridiques flous. Que faut-il en retenir ? La commission d'enquête relève, dans son rapport[21], l'absence de vision consolidée de la situation financière des agences, opérateurs et organismes consultatifs. Le suivi comptable des agences par le ministère de l'Economie et des Finances ne dit rien de l'activité réelle de ces établissements. Lors des auditions, le ministre de la Fonction publique a lui-même reconnu ne pas connaître la

---

« Agencification : une méthodologie repensée pour une action publique renforcée », rapport n° 807, déposé le 1er juillet 2025 par Pierre Barros (président) et Christine Lavarde (rapporteur), 415 p.[21]

proportion de fonctionnaires effectuant une mobilité au sein d'une agence.

La commission d'enquête a également constaté la complexité induite par ce phénomène d'« agencification », les collectivités locales ayant face à elles une multitude d'interlocuteurs susceptibles, sur un même projet, de rendre des avis divergents. Cet éclatement de l'action publique complique d'ailleurs les circuits de financements, lesquels s'imposent eux-mêmes de multiples procédures à la charge des collectivités conduisant parfois au dépôt de plusieurs dossiers pour un même objet. Bref, on observe le triptyque : « un dispositif, une agence, une procédure ». Dès lors, l'allocation des moyens publics s'avère bien souvent sous-optimale, chaque financeur ignorant la décision des autres payeurs.

Dans son rapport, la commission d'enquête préconise tantôt la fusion de plusieurs structures produisant le même service public (notamment en matière de formation professionnelle), tantôt le transfert à une structure plus importante, tantôt la mutualisation des fonctions support, tantôt encore la suppression pure et simple de certaines structures. Concernant ce dernier point, le rapport cite l'exemple britannique, où une revue des missions est systématiquement conduite à échéance régulière afin de déterminer si une agence possède toujours sa raison d'être, de façon à éviter le maintien de structures administratives tendant par nature à justifier leur activité par l'appropriation de nouvelles missions…

Quelles économies budgétaires attendre d'une restructuration des agences ? Le montant important des dépenses de personnel et de fonctionnement laisse entrevoir des gisements d'économies substantiels. Une réduction de 8 % du coût des fonctions support se traduirait, par exemple, par une économie de 2,2 milliards par an. Le rapport insiste néanmoins sur le fait que, pour être significatif, le gain budgétaire ne peut se réaliser à missions constantes. Il est ainsi rappelé que, sur la période 2015-2019, plusieurs fusions et suppressions d'opérateurs ont eu lieu, avec une baisse négligeable des emplois (- 0,8 % seulement à périmètre constant). C'est donc le périmètre de l'action publique qu'il conviendrait de réviser pour dégager des économies à la hauteur des enjeux de nos finances publiques. Le rapport note à cet effet : « Il ne faut donc pas attendre de la seule réorganisation des agences (par des fusions, des suppressions ou la mutualisation des fonctions support) des économies comparables avec celles qui résulteraient de la diminution des charges d'intervention, celle-ci supposant des mesures fortes prises sur la nature et le champ des politiques publiques mises en œuvre par les agences[22]. » Donc, selon la rapporteure Christine Lavarde, les économies budgétaires à périmètre constant pourraient atteindre environ 500 millions, mais guère plus.

Si l'on veut se rapprocher des chiffres avancés par Pierre Danon ou de ceux de la ministre des Comptes publics, c'est-à-dire quelques milliards par an, il faudrait réaliser des choix forts au niveau des missions de ces opérateurs conduisant à en supprimer quelques-unes.

3.5 Ramener l'audiovisuel public à une taille comparable à celui d'autres pays

L'audiovisuel public s'est construit dans un contexte historique marqué par une évolution progressive, tant à la télévision qu'à la radio, et par des choix politiques et économiques qui méritent aujourd'hui d'être réexaminés à la lumière des contraintes budgétaires actuelles et des nouveaux modes de consommation, notamment chez les plus jeunes.

Dès les années 1920, la radio publique s'impose comme un vecteur essentiel d'information, de culture et de cohésion sociale, avec la création de la Radiodiffusion française puis de l'Office de

---

[22] *Ibid.*, p. 19.

radiodiffusion-télévision française (ORTF). Pendant plusieurs décennies, la radio publique bénéficie d'un quasi-monopole, offrant une programmation généraliste de qualité, accessible à l'ensemble de la population. Ce monopole s'étend à la télévision dès 1937, avec une offre initiale très limitée, concentrée sur une seule chaîne nationale. Jusqu'aux années 1980, l'audiovisuel public français se caractérise par cette concentration, quelques chaînes de télévision et stations de radio publiques, financées à coût modéré, dans un paysage peu concurrentiel.

L'émergence des radios libres dans les années 1980, puis la libéralisation progressive de la télévision avec la création d'une chaîne payante comme Canal+ en 1984, la privatisation de TF1 en 1987 et la naissance de chaînes privées, comme M6, bouleversent profondément ce paysage. Ces nouveaux acteurs privés, portés par une logique commerciale et des capitaux importants, multiplient les offres et fragmentent les audiences. Face à cette montée en puissance du privé, l'État choisit de renforcer et d'étendre l'audiovisuel public, tant à la télévision qu'à la radio. France Télévisions se dote de plusieurs chaînes supplémentaires (France 2, France 3, France 4, France 5, France Info), tandis que Radio France développe un large bouquet de stations spécialisées (France Inter, France Culture, France Musique, France Bleu, etc.), cherchant à couvrir tous les segments du public.

Cette inflation de l'offre publique, justifiée par la volonté de préserver un service public de qualité et d'assurer une diversité culturelle et sociale, s'est traduite par une augmentation significative des coûts. D'autant plus que les producteurs de programmes télévisés ont considérablement augmenté leurs tarifs et par voie de conséquence leurs profits.

Pourtant, la croissance du nombre de chaînes et de stations privées n'imposait pas nécessairement une extension équivalente du service public. L'histoire de l'audiovisuel public français (télévision et radio confondues) illustre un paradoxe : face à la montée des acteurs privés, l'État a choisi d'augmenter l'offre publique en nombre et en moyens, sans toujours garantir une meilleure efficacité ni une valeur réellement perceptible pour les citoyens. Dans un contexte de dette publique élevée et de forte pression sur les finances publiques, ce constat invite à repenser en profondeur la stratégie de l'audiovisuel public, en privilégiant la qualité, la spécialisation, la maîtrise des coûts et la complémentarité avec le secteur privé, plutôt que l'augmentation quantitative des chaînes et stations.

La France consacre plus de 4 milliards par an à son audiovisuel public, un budget colossal qui finance pas moins de dix chaînes de télévision et dix stations de radio publiques. Pourtant, seules France 2 (15,8 % de parts d'audience), France 3 (8,9 %) et France Inter (15,1 %) captent une audience significative, tandis que des chaînes comme France 4 (0,5 %) ou France Info (0,7 %) survivent artificiellement grâce à des subventions disproportionnées par rapport à leur impact réel. Cette dispersion des moyens, où 40 % des chaînes publiques cumulent moins de 2 % d'audience totale, illustre un gaspillage structurel de deniers publics...

À titre de comparaison, le Canada, avec un budget annuel de 1,4 milliard de dollars canadiens (soit environ 950 millions), c'est-à-dire quatre fois moins que la France, finance un service public (CBC/Radio-Canada) limité à deux chaînes de télévision généralistes (CBC Television, Radio-Canada Télé) et cinq stations de radio, tout en maintenant une audience solide (26,4 % de parts d'audience pour ICI TÉLÉ au Québec). Le modèle canadien prouve qu'un audiovisuel public efficace n'exige ni multiplication de chaînes, ni budgets pharaoniques, mais une concentration des moyens sur des missions prioritaires : information et culture.

La France gagnerait à supprimer les chaînes généralistes qui apportent peu au service public, pour se concentrer sur l'information et la culture, en ne conservant dans l'audiovisuel public que France 3, les chaînes régionales de France 3, celles des outre-mer, Arte, ainsi que France Média Monde et TV5 Monde. Ce qui entraînerait la privatisation de France 2 et la suppression de France 4, France 5 et France Info. Pour les radios, FIP pourrait être supprimée, après Mouv' en 2025, afin de concentrer les moyens sur les stations les plus écoutées et l'information locale. L'objectif serait de réduire le budget global d'au moins 30 %, soit 1,2 milliards d'économies annuelles. Cette rationalisation permettrait de recentrer l'audiovisuel public sur ses fondamentaux, à l'image du Canada, où CBC/Radio-Canada coûte seulement 33 $ CAD par habitant contre 58 euros par an en France, un écart intenable dans un contexte de dette publique record.

3.6 Utiliser l'Europe pour faire des économies : l'exemple de la météo

Le système national météorologique (SNM) français, plus connu sous le nom de Météo-France, répond à une mission d'intérêt général qui, pour être remplie efficacement, gagnerait à être repensée en fonction des contraintes budgétaires et des attentes sociétales actuelles.

Depuis 1855, la France possède un service météorologique stratégique. Ses compétences en matière de prévisions se sont élargies progressivement, de la stratégie militaire à la sécurité aérienne civile, jusqu'à la prévision agricole et la protection contre les risques naturels. C'est en 1993 que Météo-France succède à cette longue lignée de services météorologiques. Météo-France est aujourd'hui un établissement public administratif doté de l'autonomie financière, tout en restant étroitement lié à l'État et à ses missions régaliennes.

Pendant plusieurs décennies, Météo-France a occupé une position centrale dans le paysage de l'information météorologique, bénéficiant d'un monopole de fait sur les données d'observation, les outils de prévision et les compétences scientifiques. Ce monopole s'est toutefois vu concurrencé à partir des années 2000 par l'émergence d'acteurs privés et internationaux, portés par l'explosion du numérique, des capacités de calcul et de l'intelligence artificielle. Désormais, les usagers consultent, comparent, critiquent – et attendent des services instantanés, des prévisions exactes, visuellement attractives.

En tant que service public, Météo-France n'a cessé d'évoluer pour répondre à ces nouveaux défis, notamment par la coopération internationale, que ce soit avec l'Organisation météorologique mondiale (OMM) ou au sein de l'Union européenne. Les bases d'une politique météorologique européenne sont posées en 1975 avec la création du Centre européen pour les prévisions météorologiques à moyen terme (CEPMMT). Cet organisme incarne l'excellence, fournissant des données aux SNM pour des prévisions à échelle planétaire à travers son modèle IFS et le programme spatial Copernicus.

Grâce à ses supercalculateurs, la France se maintient au sein d'un petit groupe d'États pouvant assumer une prévision planétaire. Cette situation est néanmoins paradoxale : Météo-France se sert malgré tout, comme un grand nombre de SNM européens, des données fournies par les organismes européens (IFS de CEPMMT). De toute évidence, un système météorologique européen qui rassemblerait savoirs et outils techniques permettrait une plus grande efficacité, améliorant la qualité des prévisions météorologiques pour l'ensemble de l'Europe, tout en permettant des économies bienvenues. De fait, les coûts d'investissement et d'exploitation des supercalculateurs seraient ainsi partagés alors qu'ils coûtent aujourd'hui à la France 144 millions (2019-2025) et coûteront 185 millions au moment de leur renouvellement (2027-2033). Par ailleurs, sur les 380 millions de budget de Météo-France, plus de la moitié provient des subventions ou paiements des services de l'État (SNCF, EDF).

Avec la création d'un organisme type « Météo-Europe », la France, tout comme l'ensemble des pays européens, conserverait son avantage en matière d'expertise et de données de haute précision, tout en permettant une mutualisation des ressources (infrastructures, stockage informatique, supercalculateurs), une harmonisation des pratiques entre professionnels, la garantie de notre souveraineté numérique et une réponse commune efficace concernant les enjeux climatiques.

Un système météorologique européen unique semble intuitivement évident. Les phénomènes météorologiques sont interdépendants, les nuages et le vent ne s'arrêtent pas aux frontières (comme pour Tchernobyl !). Et l'Europe a été conçue pour mettre en commun des moyens de façon à être, ensemble, plus efficaces. Chaque pays, avec un cahier des charges spécifique et des exigences particulières, pourrait s'y retrouver et faire des économies. Par les temps qui courent, être plus efficace en coûtant moins cher, n'est-ce pas le Graal ?

3.7 Supprimer (enfin) le Conseil Économique, Social et Environnemental (CESE)

Régulièrement posée, la question de l'utilité du Conseil économique, social et environnemental (CESE), créé par la Constitution de 1958 pour représenter les acteurs sociaux, et de ses antennes régionales (les CESER), est toujours d'actualité. Il est censé éclairer les décisions publiques, mais personne n'a souvenir qu'un de ses rapports ait pu être à l'origine d'une initiative législative ou même influencer un projet ou une proposition de loi.

Récemment, deux rapports, l'un de l'Assemblée nationale, l'autre de la Cour des comptes ont dressé un constat sévère de son fonctionnement. Celui du député Daniel Labaronne[23] dresse un tableau alarmant : des publications en nombre insuffisant, pratiquement jamais lues, peu d'auditions appuyant les propositions, un manque d'investissement et de transparence de la part de ses membres, une priorité donnée aux questions environnementales au détriment des questions d'économie et d'affaires sociales.

La Cour des comptes, de son côté[24], a dénoncé l'absence de participation du CESE aux efforts budgétaires qui, encore une fois, devraient concerner tout le monde. Elle souligne notamment qu'une réforme récente « a réduit le nombre de ses membres de 25 % (de 233 à 175) et a supprimé la catégorie des personnalités qualifiées, objet de critiques récurrentes. Mais les sommes ainsi économisées (plus de 2,7 millions par an sur les seules rémunérations) ont été laissées au CESE pour financer la mise en œuvre de la réforme, alors que la principale composante de cette dernière, à savoir la participation citoyenne, était financée depuis 2019 par une augmentation de 4,2 millions par an de la dotation de l'État au CESE. Ainsi, la réduction du nombre de membres ne s'est pas traduite par une économie budgétaire pour l'État. Dans un

[23] D. Labaronne, *rapport d'information déposé par la commission des finances de l'Assemblée nationale relatif à l'activité du Conseil économique, social et environnemental et à la gestion de l'institution*, 2 juillet 2025, 43 p.

[24] Cour des comptes, *Le Conseil économique, social et environnemental*, 11 juillet 2025, 116 p.

contexte de finances publiques dégradées, le CESE ne peut pas être laissé à l'écart des efforts demandés aux autres entités publiques[25]. »

Les deux rapports dévoilent un grand nombre d'éléments choquants pour le commun des mortels. Ainsi, pour quatre jours par mois de présence seulement, les conseillers perçoivent 2 500 euros net. De plus, les 153 fonctionnaires du CESE sont rémunérés en moyenne 5 500 euros par mois, alors même qu'il est difficile d'affirmer qu'ils réalisent réellement 35 heures hebdomadaires. Ils bénéficient de 54 jours de congés annuels, contre une moyenne nationale de 40, les jours fériés étant comptabilisés comme des jours travaillés ! En outre, ils profitent de multiples indemnités : frais d'habillement à hauteur de 2 000 euros par an, déplacements, hébergement, garde d'enfants, Internet, etc. La Cour des comptes dénonce des rémunérations élevées, en particulier pour les dix plus hauts salaires : près de 15 000 euros mensuels pour le secrétaire général.

Elle poursuit en dénonçant un système bureaucratique de suivi des absences, sans conséquences pratiques : « La réforme de 2021 a renforcé les obligations déontologiques des membres du CESE et mis en place de nouveaux outils de suivi de leur activité, en complément du contrôle de leur présence. L'importance du travail que ce dernier représente pour l'administration contraste avec la faiblesse des conséquences qui en ont été tirées : sur les 20 trimestres de la période contrôlée (2019-2023), seuls trois ont fait l'objet de l'application de pénalités financières. Le grand nombre des excuses possibles et l'appréciation finale par les questeurs

---

[25] *Ibid.*, p. 6. La dotation de l'État au CESE a tout de même diminue de 22,4 % dans le budget 2025. Selon l'Ifrap, « le financement du CESE est passé de 45 M€ en 2024 à 34,3 M€ en 2025, car une partie de son enveloppe financière a été débudgétisée. À partir du 1er janvier 2025, c'est la Caisse nationale d'assurance vieillesse (CNAV) qui a pris en charge le financement de la caisse de retraite des anciens membres du CESE, sortant du périmètre du budget. Le reste de la différence provient d'une réduction des crédits de fonctionnement, d'un peu plus de 2 millions, passant de 9,1 à 6,7 millions : là se trouve la réelle baisse budgétaire ».

tendent à réduire la portée de ce contrôle. Les règles de présentéisme devraient être renforcées en réduisant le nombre d'excuses mobilisables par conseiller et mises en œuvre systématiquement[26]. »

Enfin - et ce n'est pas la moindre de ses observations -, la Cour des comptes constate une opacité budgétaire, avec près de 18 millions de réserve, sans justification claire, et un budget s'élevant à 34,3 millions pour 2025. Elle trouve souhaitable et cohérent de réclamer que ces comptes soient rendus publics, ce qui n'est pas le cas aujourd'hui.

Ces constats s'inscrivent dans la lignée de multiples propositions de loi déposées au Sénat visant à supprimer le CESE, malheureusement jamais mises à l'ordre du jour du Parlement. Dans un contexte où la rigueur budgétaire et l'exigence démocratique sont de mise, maintenir cette institution apparaît comme un luxe injustifié : peu productive, redondante, coûteuse et inefficace. Supprimer le CESE et les CESER serait un geste de responsabilité financière qui permettrait d'économiser, selon l'Ifrap, entre 85 et 95 millions par an.

Comment le faire ? Le CESE étant inscrit dans la Constitution, sa suppression devrait faire l'objet d'un processus long, à l'issue incertaine dans le contexte politique actuel. En revanche, l'idée exprimée par le député LR des Hauts-de-Seine, Philippe Juvin, de passer par la dévitalisation du CESE en diminuant le nombre de ses membres et en réduisant son budget à zéro (mise en sommeil), sans modification constitutionnelle majeure, paraît être une piste particulièrement intéressante.

---

[26] *Ibid.*, p. 6.

3.8 Être plus rigoureux en matière d'aides sociales

D'une façon générale, l'idée de demander des efforts, proportionnés bien sûr, à tous est une bonne idée. Mais beaucoup de nos compatriotes dénoncent des situations anormales qui bénéficient souvent à des personnes qui ne travaillent pas et qui parfois n'ont jamais cotisé. C'est vrai que ces situations doivent être corrigées de façon urgente afin que les efforts demandés soient mieux acceptés. Il ne faut pas hésiter non plus à aller plus loin pour revoir nos aides sociales parfois très généreuses.

Comme l'a souligné récemment Agnès Verdier-Molinié, Directrice de la Fondation Ifrap « nous n'imposons pas assez d'obligations de retour à l'emploi (…) nous sanctionnons très mollement le refus d'offres d'emploi de la part de personnes indemnisées au chômage ou bénéficiaires de minima sociaux. Impossible d'ailleurs d'avoir des statistiques de France Travail en matière de sanctions pour refus d'offres d'emploi. Alors que le Danemark supprime les allocations ou les aides sociales dès le premier refus d'offre raisonnable d'emploi ». Elle enchaine « Il faut aussi agir au niveau des conditions d'éligibilité aux aides des personnes, qu'elles soient françaises ou étrangères. Le minimum de base à exiger pour percevoir quelque aide que ce soit sous critère de ressource est de résider en permanence en France… Même si l'avancée de six à neuf mois de résidence dans l'année pour toucher le minimum vieillesse est réelle, cela ne suffit pas. Idem pour deux autres aides sociales, dont le versement nécessite neuf mois de résidence (allocations familiales et RSA) ». Elle conclut notamment qu'il faudrait « mettre tout le monde, français ou étranger, à la même enseigne en étant obligé de justifier de cinq ans de résidence dans les années antérieures pour pouvoir toucher le RSA, l'AAH ou les allocations familiales ».

L'Ifrap qu'elle dirige a également pointé l'impossibilité de quantifier véritablement pour l'ensemble des administrations publiques le poids des aides extralégales, empêchant ainsi de s'interroger sur l'efficacité des volumes financiers qu'elles représentent (environ 11 milliards tout de même). Cette opacité ne permet pas non plus de partager les meilleures pratiques et de faire varier intelligemment leurs volumes en fonction de l'évolution du montant des aides légales. En toute logique, et au-delà de la mise en place d'une allocation sociale unique, la notification progressive de ces prestations (qui parfois répond à une logique de revenu complémentaire plus que d'une compensation d'un handicap) à l'administration fiscale par les services d'allocation eux-mêmes, permettrait de boucler le système sur lui-même y compris au niveau régional (chèque sport, tarifs préférentiels de transports des opérateurs de mobilité, etc).

3.9 Une mesure symbolique indispensable : réduire les avantages des anciens présidents et Premiers ministres

La République est bonne fille, mais la République est en faillite. Bien sûr qu'il faut demander des efforts à tous, proportionnés aux moyens de chacun. Mais les Français peuvent à juste titre être choqués par les avantages accordés à certaines personnalités du monde politique, notamment aux anciens présidents de la République et Premiers ministres, qui n'ont aucune raison d'être. Ils bénéficient déjà pour la plupart d'entre eux de multiples pensions de retraite et, en général, à la suite de très nombreux mandats locaux ou parlementaires. Il n'y a aucune raison de maintenir les moyens de la République à des citoyens qui ne la servent plus au seul motif qu'ils l'ont servie jadis. Ils ne sont pas dans le besoin et disposent tous de facultés contributives suffisantes. Par ailleurs, ils sont pour la plupart encore en activité comme avocat ou consultant, par exemple, ou parfois même comme élu, tel François Hollande.

Sur proposition de ma collègue Nathalie Goulet, sénatrice de l'Orne, le Sénat a donc fait adopter lors de l'examen du budget 2025 un amendement visant à supprimer les crédits budgétaires destinés aux anciens présidents de la République et Premiers ministres (indemnités, voiture, chauffeur, officiers de sécurité, éventuellement carte de circulation gratuite : tous les avantages que rien ne saurait plus justifier). Malheureusement, cet amendement n'a pas survécu aux discussions avec le gouvernement et l'Assemblée nationale lorsque la commission mixte paritaire (CMP) s'est réunie pour trouver un compromis sur le budget.

Les crédits en question sont relativement limités (2,8 millions), c'est vrai, mais le symbole, lui, serait fort.

Chapitre 5

Que demander au « millefeuille » territorial et aux élus ?

1/ L'effort de l'échelon local doit être calculé équitablement

Les collectivités territoriales ont des budgets à l'équilibre. Contrairement à l'État, elles sont soumises à une « règle d'or » budgétaire : leur budget de fonctionnement doit non seulement être voté en équilibre mais, en plus, dégager un excédent suffisant pour rembourser le capital échu de la dette. Elles ne peuvent emprunter que pour financer l'investissement. Et leurs comptes, pour les plus importantes d'entre elles, sont étroitement surveillés par les chambres régionales des comptes. Cette règle empêche donc toute dérive financière comparable à celle de l'État et garantit une gestion structurellement équilibrée.

Créée en 1979, la dotation globale de fonctionnement (DGF) n'est pas un cadeau ni un acte de générosité de l'État envers les collectivités. Elle est issue du regroupement d'un ensemble de concours versés par l'État aux collectivités, pour compenser d'anciens impôts locaux supprimés (telle la taxe sur les salaires) et des compétences que l'État a demandé aux collectivités d'exercer en son nom. Sa création répondait donc à la volonté de regrouper, en un concours unique et libre d'affectation ou d'utilisation, un certain nombre de versements de l'État à destination des collectivités qui étaient auparavant dispersés.

Elle a connu plusieurs baisses alors que les charges supportées pour exercer les compétences transférées n'ont eu de cesse d'augmenter. Une première réduction (certes encore modeste) de 200 millions fut amorcée en 2011 sous Nicolas Sarkozy. Avec François Hollande, la baisse est devenue massive : en 2014, la DGF diminue de 1,5 milliard, puis de 3,67 milliards supplémentaires en 2015, 3,67 milliards en 2016, et enfin 2,63 milliards en 2017, soit un total cumulé de 11,47 milliards sur son quinquennat. Sous Emmanuel Macron, à partir de 2018, la DGF n'est plus réduite en valeur nominale mais stagne, ce qui équivaut à une baisse si l'on tient compte de l'inflation. En 2023 et 2024, malgré une légère revalorisation, l'augmentation reste inférieure à l'inflation, entraînant une nouvelle perte de pouvoir d'achat pour les collectivités. Ainsi, en plus des fortes baisses de 2014 à 2017, les années 2018 à 2024 représentent une baisse réelle, portant à plus de dix le nombre d'années où la DGF a diminué, soit en valeur, soit en pouvoir d'achat.

Ces baisses successives ont contraint les collectivités à faire de gros efforts de gestion, parfois dans la douleur. Loin de moi l'idée qu'elles ne devraient pas participer à l'effort collectif, mais cet effort doit être proportionné à leur part dans les dépenses publiques, les déficits et la dette.

Fin 2024, les dépenses des collectivités ont atteint 329 milliards, contre 670 milliards pour l'État et 776 milliards pour la Sécurité sociale. En 2025, elles sont attendues à 340 milliards et le gouvernement Bayrou aurait voulu les faire reculer à 338 milliards en 2026. Le problème est que l'État est loin de s'appliquer cette rigueur ! Bonjour l'équité souhaitée. Le « tendanciel » (on ne sait même pas comment il est calculé et le Gouvernement refuse de communiquer au Parlement les hypothèses qu'il retient) verrait la dépense locale augmenter en 2026 de 3,3 milliards, soit moins de 1 % (inférieur à l'inflation). Est-ce grave ? Au lieu de laisser cette augmentation de 3,3 milliards, le gouvernement Bayrou voulait baisser la dépense locale de 2 milliards. Pourquoi ?

Rappel des dépenses publiques prévues en 2025 et 2026 (en milliards)

Total dépenses publiques[27] : 1693 (2025) et 1722 (2026), soit + 29 Md€.

État et opérateurs de l'État : 660 (2025) et 682 (2026), soit + 22 Md€.

Collectivités locales : 340 (2025) et 338 (2026), soit - 2 Md€.

Sécurité sociale : 800 (2025) et 809 (2026), soit + 9 Md€.

Le déficit en 2024 des collectivités a atteint 16 milliards (en fait de déficit, c'est le montant de l'emprunt nécessaire au financement résiduel des investissements), contre 154 milliards pour l'État et un léger excédent (factice) pour la Sécurité sociale.

La dette, quant à elle, s'est élevée pour l'État à 2 757 milliards contre 237 pour les collectivités. Soit dix fois moins ! Et l'augmentation de la dette de 40,6 milliards au 1er trimestre 2025 est due à hauteur de 36,7 milliards à l'État (soit 90 %), à la Sécurité Sociale pour 3,3 milliards et aux collectivités locales pour seulement... 0,6 milliard (soit moins de 1,5 %).

---

[27] Le total est plus faible que la somme des trois blocs car on retire les transferts internes entre l'État, les collectivités et la Sécurité sociale.

Ces chiffres peuvent donner le tournis à certains lecteurs, mais ils sont pour le moins instructifs. Le montant de l'effort demandé aux collectivités devrait être bien moindre que celui de l'État. De plus, en s'attaquant aussi fortement aux dépenses des collectivités, le Gouvernement réduit leur capacité d'investissement, ce qui est très préjudiciable à l'activité économique. Je partage la mise en garde de David Lisnard, président de l'Association des maires de France : « Il ne faut surtout pas s'attaquer aux capacités d'investissement des collectivités qui représentent 75 % de l'investissement public. Moins l'État est capable de se réformer, plus il prélève les entreprises, les ménages et les collectivités. Moins il est capable de réduire ses dépenses de fonctionnement, plus il s'attaque aux dépenses d'investissement ».

2/ Supprimer un échelon plutôt que taxer toutes les collectivités

Si l'effort de l'échelon local doit être réel, il doit aussi et surtout être équitable. Or, la méthode suivie actuellement par le Gouvernement consiste à répartir cet effort sur toutes les collectivités, quelles qu'elles soient, ce qui n'est pas satisfaisant. Pareille méthode « sanctionne » toutes les collectivités sans distinguer la qualité de leur gestion. Ces « sanctions » viennent s'ajouter à l'érosion substantielle, ces dernières années, de l'autonomie fiscale des collectivités locale, qui correspond à la capacité pour chaque collectivité de fixer librement le niveau de ses recettes fiscales. Avec la disparition de la taxe d'habitation sur la résidence principale et la réduction importante de la contribution sur la valeur ajoutée des entreprises (CVAE), les collectivités ont perdu beaucoup de cette liberté fiscale. La responsabilité des élus locaux en est réduite d'autant. Ce n'est pas bon signe pour la démocratie. Alors faut-il continuer dans cette voie, laquelle a tout d'une impasse, ou faut-il au contraire prendre des décisions fortes qui permettront de réaliser des efforts financiers sans pénaliser tout le monde ?

Je penche, bien sûr, pour la seconde option et des décisions fortes qui concerneraient les intercommunalités. Celles-ci sont nées au début des années 2000 de la volonté de renforcer l'efficacité de l'action locale, en favorisant la coopération et la mutualisation entre collectivités, dans un cadre plus large que celui de la commune.

Mais, dès 2005, la Cour des comptes appelait à la vigilance : « À la différence de certains de ses voisins européens, la France n'a pas réduit de manière autoritaire le nombre de ses communes. Elle a préféré favoriser la constitution de groupements de communes. L'intercommunalité s'est développée dès la fin du dix-neuvième siècle sous la forme de syndicats de communes. Cette formule souple de coopération n'a toutefois été qu'un palliatif à l'émiettement communal et n'a pas permis de répondre aux défis générés par une urbanisation croissante et par les fortes disparités de richesses entre collectivités. Deux lois, d'abord celle du 6 février 1992, puis celle du 12 juillet 1999, ont donné un nouvel élan à l'intercommunalité. Peu de réformes ont eu, dans l'histoire administrative récente de la France, des conséquences aussi importantes en un laps de temps aussi réduit[28]. ». La Cour n'estimait pas à l'époque souhaitable de procéder, dans l'immédiat, à une refonte d'ensemble du cadre législatif de l'intercommunalité. Pourtant, elle soulignait déjà que « sur bien des points, il appartient à l'État et aux élus locaux de veiller à ce que les objectifs fixés par le législateur soient pleinement atteints et que les risques de dérive

[28] Cour des comptes, *L'Intercommunalité en France*, rapport public particulier, novembre 2005.

financière des groupements de communes ne doivent pas être méconnus. »

Au fil du temps, les intercommunalités ont vu leur périmètre s'élargir, et leurs compétences s'étendre, notamment avec les réformes de 2010 et 2015. Certaines intercommunalités regroupent aujourd'hui plusieurs dizaines de communes sur des territoires vastes et parfois hétérogènes. Elles exercent des compétences dans des domaines aussi variés que l'urbanisme, les déchets, le développement économique ou la mobilité.

Cette organisation a un coût croissant. Les intercommunalités disposent de leur propre budget, de leurs agents, de leurs infrastructures, et parfois même de leurs propres impôts. Elles se sont dotées de services souvent similaires à ceux des communes membres, créant des couches supplémentaires d'administration. Loin de réduire les coûts, cette superposition a engendré une inflation de la dépense locale.

Un nouveau rapport de la Cour des comptes en 2024 est formel : les charges de fonctionnement des intercommunalités ne cessent de croître. À titre d'exemple, la communauté d'agglomération de Saint-Nazaire a vu ses charges de personnel passer de 13,1 millions en 2019 à 18,5 millions en 2023, soit une hausse de 41 %. Ses charges de gestion ont augmenté de 27 % sur la même période, atteignant 44,5 millions.

La Cour des comptes considère également à juste titre que le paysage local n'a pas été simplifié. Le principal problème réside dans le chevauchement des compétences : de nombreuses missions sont exercées à la fois par les communes et par les intercommunalités. Cette situation engendre des doublons administratifs, des lenteurs décisionnelles, un flou sur les responsabilités. De fait, les intercommunalités se sont dotées de 125 000 agents entre 2011 et 2021, alors que, pendant la même période, les communes ne supprimaient que 38 000 postes, loin de l'objectif de remplacement.

Les intercommunalités pèsent de plus en plus lourd sur les finances publiques : en 2024, elles ont reçu de l'État 6,4 milliards de dotation globale de financement (DGF). De plus, en compensation de la disparition d'impôts locaux, elles touchent un pourcentage de la TVA compris entre 4,5 et 5,5 milliards. Le budget de l'ensemble des intercommunalités se situe entre 60 et 70 milliards, un montant comparable au budget de la Défense...

Les intercommunalités sont le dernier né des niveaux d'administration territoriale. Dans une logique de simplification et d'efficacité, leur suppression devrait être envisagée. Il ne s'agit pas de renoncer à toute coopération locale, bien au contraire. Cette coopération pourrait être assurée de manière plus souple et ciblée par la (re)création de syndicats pluridisciplinaires (type Sivom) qui ont donné pendant des années satisfaction pour un coût bien moindre. Ils sont tout à fait adaptés aux compétences spécifiques à mutualiser : gestion des déchets, transports, aménagement du territoire, etc.

La commune, cellule de base de la démocratie, doit le rester pour éviter d'éloigner le pouvoir de décision des habitants. Lorsque des communes le souhaitent, l'État doit encourager davantage leur regroupement. Ce modèle permettrait de maintenir une véritable coopération locale sans alourdir l'architecture institutionnelle, répondant ainsi mieux aux besoins des habitants.

3/ À défaut de supprimer un échelon, concentrer les efforts

Certains trouveront trop radicale la proposition de supprimer les intercommunalités. À défaut d'avoir l'envie et/ou le courage de le faire, le Gouvernement devrait étudier la possibilité de concentrer les efforts de l'échelon local sur la plus récente de ses strates. L'idée générale émise par Nicolas Samsoen, maire de Massy, serait de pérenniser la contribution sur la valeur ajoutée des entreprises (CVAE) à son taux actuel et donc de renoncer à son extinction progressive. Le produit de cette taxe serait confié aux intercommunalités en remplacement de la compensation de TVA appliquée jusqu'à maintenant.

La perte pour les intercommunalités, correspondant à l'effort qui leur serait demandé, et le gain symétrique pour l'État serait de l'ordre de 2,3 milliards. Cet effort, ciblé sur l'échelon le plus riche et politiquement le moins sensible (peu de service de proximité…) aurait l'avantage d'être corrélé au niveau de richesse des territoires : plus un territoire touche de CVAE, plus il est riche. Pour les intercommunalités, cela aurait l'avantage de recréer un lien avec la richesse du territoire et donc d'inciter au développement économique, quitte à faire évoluer le mode de calcul de la CVAE pour la rapprocher d'une véritable contribution sur la valeur ajoutée.

4/ Tout le monde doit participer aux efforts : quid des élus ?

Dès que l'on parle « efforts », on entend souvent : « Commençons par les élus, ils vivent grassement ! ». C'est un sujet qu'il ne faut pas éluder. Pourtant, le pouvoir d'achat des élus n'intéresse ni les médias ni l'opinion publique. Et pour cause : les élus devraient être, pour beaucoup malheureusement, corvéables à merci (7 jours sur 7, 24 heures sur 24) et quasi bénévoles. Ce n'est donc pas encore aujourd'hui que l'on fera pleurer dans les chaumières sur le sort des élus.

Malgré tout, pourquoi passer sous silence cette question ? Que l'on soit conseiller délégué, maire adjoint, maire, conseiller départemental ou régional, sénateur ou encore député, les élus qui perçoivent des indemnités pour les dédommager du temps qu'ils consacrent à leurs mandats voient leur pouvoir d'achat décliner inexorablement...

J'ai donc étudié l'évolution du montant des indemnités des élus depuis vingt-cinq ans. Pas celles d'un maire, car ses indemnités varient en fonction de la taille de sa commune et beaucoup de maires ne fixent pas le montant de leur indemnité au plafond légal autorisé. Ils préfèrent, de crainte d'être pointé du doigt par certains habitants toujours bien intentionnés, réduire leurs indemnités par un vote du conseil municipal. Pourtant, par rapport au temps investi et au dévouement nécessaire à la fonction, les indemnités d'un maire sont vraiment faibles. Elles devraient pour moi être fixées au même niveau que la rémunération du directeur général de la commune, qui a moins de responsabilités, supporte moins de risques de mise en cause, et dispose de la garantie de l'emploi quoi qu'il arrive. C'est loin d'être le cas aujourd'hui car les indemnités d'un maire sont au mieux – c'est une minorité de cas - égales à la moitié de la rémunération du directeur général.

Rappelons que les indemnités sont indexées sur la valeur du point d'indice de la fonction publique, sans avancement à l'ancienneté (effet GVT, glissement vieillesse-technicité, réservé aux fonctionnaires), ni garantie du maintien de leur pouvoir d'achat (GIPA existant dans les collectivités locales pour les fonctionnaires territoriaux). Ce point d'indice connaît souvent des « années blanches », dénoncées fortement par les syndicats, c'est-à-dire des années où il n'augmente pas.

L'étude de l'évolution des indemnités des sénateurs est instructive à cet égard. En 2001, un sénateur percevait une indemnité nette de 5 187 euros, soit 4,6 Smic de l'époque, après déduction des charges sociales (maladie, retraites…) mais avant impôt sur le revenu, qui fait souvent baisser de plus de 20 % ce montant. En 2025, le même sénateur, ou son successeur, perçoit une indemnité nette de 5 676 euros, soit après impôt sur le revenu l'équivalent de 3,1 Smic. Est-ce trop ? Sincèrement, je ne le pense pas…

En vingt-cinq ans, l'indemnité nette a progressé de 9,4 %, et les charges de 37 %. Sur la même période, l'inflation a augmenté de 49 % et le Smic de plus de 60% ce qui explique la baisse des indemnités par rapport au Smic.

La perte de pouvoir d'achat d'un sénateur, mais aussi d'un maire, d'un adjoint, d'un député, est donc sur 25 ans de 40 %.

Depuis 2001, les élus ont connu plus d'années blanches que d'années que l'on pourrait qualifier de normales. Depuis 2011, j'ai connu huit années blanches sur treize. On peut dire que les élus sont malheureusement habitués à ces années de gel de leur rémunération sans que cela n'émeuve grand monde. Il est clair pourtant que les efforts des élus ont commencé il y a bien longtemps, qu'ils sont importants et qu'ils risquent de se poursuivre encore quelques années.

Certains diront que les parlementaires ont des avantages annexes qui compensent. Mais c'est aujourd'hui devenu faux. Les avantages ont fondu comme neige au soleil depuis vingt ans. Et c'est tant mieux ! Plus de prêt bonifié pour un achat immobilier, plus d'utilisation à des fins personnelles des frais pour les dépenses liées au mandat, contrôle strict de ces frais, plus d'aller-retour une fois par mandat dans les départements et territoires d'outre-mer, etc. Les élus sont, comme moins d'un Français sur deux, soumis à l'impôt sur le revenu sur la totalité de leurs indemnités.

Si les fonctionnaires et les retraités avaient fait, sur cette période, les mêmes efforts que les élus, nous serions dans une situation financière bien plus confortable. Les fonctionnaires au lieu de voir leurs rémunérations progresser en moyenne de l'inflation, voir un peu plus, n'auraient eu que 9% d'augmentation ce qui, en 2025, aurait permis d'économiser plus de 60 milliards par an. Quant aux retraités, la limitation de la progression de leurs retraites à 9% aurait couté 75 milliards de moins en 2025 soit l'équivalent de leur déficit réel d'aujourd'hui. La quasi-totalité de nos problèmes financiers serait réglée mais le pays serait totalement bloqué. Ce n'est clairement pas la solution.

Quoi qu'on en pense, les élus ont donc largement contribué à faire baisser la dépense publique, non à l'augmenter. Une tendance à poursuivre ? Pas sûr car, à ce rythme-là, la question de savoir s'il y aura encore des vocations d'élus dans dix ans ne manquera pas de se poser...

Conclusion

Une France indépendante et en bonne santé ou une France sous tutelle ?

Ces dernières lignes sont écrites alors que le gouvernement Bayrou n'a pas obtenu la confiance de l'Assemblée nationale en cherchant à faire partager son diagnostic sur l'état de nos finances publiques. C'était attendu, mais c'est malheureusement symptomatique du déni de réalité d'une grande partie de la classe politique. Prôner une gestion rigoureuse de notre argent public et appeler tout le monde à la responsabilité ne déclenche pas l'enthousiasme des foules. Ce n'est pas surprenant. C'est pourtant nécessaire, indispensable, inévitable. Lorsqu'on le fait comme moi depuis des années, on a malheureusement l'impression de prêcher dans le désert ou de labourer la mer.

Les nombreux exemples d'économies évoqués dans cet ouvrage – sans prétendre à l'exhaustivité – permettraient de remettre progressivement d'aplomb nos finances publiques. Nous rétablirions des marges de manœuvre, c'est-à-dire de l'indépendance mais également de la crédibilité auprès de nos partenaires. Nous retrouverions par la même occasion du dynamisme économique, seule source génératrice d'emplois nouveaux réellement productifs. Là est assurément l'intérêt général. Dans le contexte politique actuel, il est vraisemblable que de nouvelles échéances électorales (législatives sûrement, présidentielles éventuellement...) se présentent rapidement aux Français. Elles devraient leur permettre de choisir des représentants décidés à agir dans ce sens pour le bien et le bonheur de la France et de se sa population.

Certains diront que de telles économies auraient à court terme un effet récessif et entraîneraient une réduction de la croissance. Ma conviction est qu'à long terme elles seront très bénéfiques à notre économie et à l'ensemble de notre société. Aurons-nous le courage de rompre avec le court-termisme et d'adopter une vision de long terme, suivant en cela la mise en garde de Frédéric Bastiat : « Le mauvais économiste poursuit un petit bien actuel qui sera suivi d'un grand mal à venir, tandis que le vrai économiste poursuit un grand bien à venir au risque d'un petit mal actuel » *(Ce qu'on voit et ce qu'on ne voit pas*, 1850) ?

Les efforts doivent commencer le plus vite possible, concerner tout le monde et être significatifs. Pour être acceptés par le plus grand nombre, ils devront être accompagnés de la correction d'« anomalies » dans la distribution de nos nombreuses aides et prestations qui irritent nos compatriotes et les empêchent souvent de juger comme justes les efforts demandés. Est-ce mission impossible que de demander ces efforts ? Beaucoup le pensent. Pourtant, la plupart de nos voisins européens y sont parvenus avec des niveaux de dépenses et d'impôts bien inférieurs aux nôtres. Sont-ils plus malheureux pour autant ? Tout au contraire, ils semblent globalement bien plus heureux que nous !

La France est encore capable de grandes choses. Elle l'a montré récemment avec deux véritables réussites, saluées comme telles par de très nombreux observateurs : les Jeux Olympiques et la reconstruction de Notre-Dame. Avec quelles recettes ? Comme toujours en France, beaucoup d'argent public (6 milliards pour les JO et plus de 500 millions pour Notre-Dame en tenant compte de la défiscalisation des dons à hauteur de 80 %) mais aussi – et c'est très intéressant de le noter – des assouplissements exceptionnels votés pour la circonstance : des délais largement réduits et des procédures accélérées. Des exceptions qui devraient devenir la norme afin de réduire fortement les coûts engendrés par notre complexité administrative. Nous tirerions collectivement de substantiels bénéfices d'une grande loi de simplification (s'agissant notamment de la commande publique).

Quoi qu'il en soit, il nous faut réagir rapidement avant que les marchés financiers (ceux qui nous prêtent), la Commission européenne, la BCE et le FMI ne nous mettent sous tutelle. Aujourd'hui, le choix est simple : soit nous continuons comme si de rien n'était, en niant la réalité, et alors nous serons rapidement et subitement rattrapés par la patrouille et mis sous tutelle des institutions européennes et/ou du FMI ; soit nous entamons un effort collectif de long terme qui permettra de redresser la situation et de nous redonner l'élan et le dynamisme d'une prospérité retrouvée, nécessaire pour repartir de l'avant avec enthousiasme. Cet enjeu doit être au cœur de la réflexion de tous les Français.

Remerciements

Remerciements à Victor Fouquet pour son aide précieuse à l'élaboration de cet ouvrage et à tous les participants du groupe de réflexion sur les économies du groupe Union Centriste du Sénat : François Bonneau, Guislain Cambier, Michel Canevet, Vincent Capo-Canellas, Daniel Fargeot, Olivier Henno, Marie-Lise Housseau, Annick Jacquemet, Hervé Maurey, Jean-Marie Mizzon et Denise Saint-Pé.

Sommaire

Liste des tableaux

- Évolution des crédits des missions entre comptes 2019 et 2024 en milliards

- Effectifs enseignants et élèves

- Évolution des charges relatives au soutien à la production d'énergies renouvelables entre 2020 et 2025

- Coûts et surcoûts des engagements liés au soutien à la production d'énergie (fin 2024 et PPE3)

Imprimé en France
Achevé d'imprimer en septembre 2025

Image de couverture : Éditions de l'Onde
Imprimé dans l'Union Européenne
Dépôt légal novembre 2025